秘書は秘密の代理母

ダニー・コリンズ 作
岬　一花 訳

ハーレクイン・ロマンス
東京・ロンドン・トロント・パリ・ニューヨーク・アムステルダム
ハンブルク・ストックホルム・ミラノ・シドニー・マドリッド・ワルシャワ
ブダペスト・リオデジャネイロ・ルクセンブルク・フリブール・ムンバイ

THE BABY HIS SECRETARY CARRIES

by Dani Collins

Published by Harlequin Japan, a Division of K.K. HarperCollins Japan, 2024

ダニー・コリンズ

カナダ出身の作家。高校生のころにロマンス小説と出合い、小説家という職業はなんてすばらしいのだろうと思ったという。以来、家族の反対や“普通の”仕事に追われながらも、さまざまなジャンルの執筆に挑戦し、ついに念願叶ってハーレクインからデビューすることになった。まるでロマンス小説さながらの、ハッピーエンドを生きている気分だと語る。

主要登場人物

モリー・ブルックス……………〈カゼッラ・コーポレーション〉の秘書補佐。
パトリシア・ブルックス………モリーの母親。
リビー・ブルックス……………モリーの妹。
ジョルジオ・カゼッラ…………〈カゼッラ・コーポレーション〉の社長兼ＣＥＯ。愛称ジオ。
ヴァレンティーナ………………〈カゼッラ・コーポレーション〉の社長兼ＣＥＯの秘書。
オットリーノ・カゼッラ………ジオの祖父。
ラファエル・ザモス……………ジオの取り引き相手。
アレクサンドラ・ザモス………ラファエルの妻。愛称サーシャ。

プロローグ

　エレベーターから降りてアレクサンドラ号の上層デッキに立ったとき、モリー・ブルックスは自身のセール品のブラウスとコットンのキュロット、サンダルが気になってしかたなかった。クローゼットにあるものでやりくりしているのは、買い物に行く時間がないからだった。

　超豪華クルーザーは地中海に浮かぶキプロス島沖を航海中で、真っ白な制服に身を包んだ船員が鋭い口調で尋ねた。「場所をお間違えではないですか?」

ええ、そのとおりだわ。

社長兼最高経営責任者《CEO》の秘書を務めるヴァレンティーナは昨日、スキーで膝を痛めた。モリーはその一時間後に飛行機に乗り、ヴァレンティーナの代理としてここに来たのだった。

「これを雇い主であるジョルジオ・カゼッラに届けたいのですが」モリーは印刷したばかりの書類が入った革の書類鞄《かばん》を掲げた。「彼の確認とサインが必要なんです」

「なぜオンラインでやりとりしないのですか?」

　それは機密情報の漏洩《ろうえい》について詳細に記された裁判所からの書類だからだ。「理由はわかりません」モリーはヴァレンティーナの礼儀正しい笑顔と冷静な口調をまねた。「雇い主のところに私を案内したあとで、きいてみてはいかがでしょう?」

　船員がぶつぶつ言いながらモリーを豪華なラウンジへ案内した。海を見おろす窓のそばにはアイボリーのソファがあり、エメラルド色のクッションがアクセントになっている。シャンデリアはクリスタル製で、サイドテーブルの生花からはいい香りがした。

着色ガラスの窓がある部屋には湾曲した桜材のバーカウンターがあり、その後ろには色とりどりのボトルが並べられ、上からはグラスが下がっていた。スツールはささやかな背もたれがついているデザインで、黒の革張りだ。窓際にもスツールと円テーブルが置かれ、両開きのドアを開けると――。

ボスがプールにいた。

どうか怒られませんように。モリーはミラーサングラスをかけたジオことジョルジオ・カゼッラを見ながら心の中で祈った。

兎《うさぎ》を襲う梟《ふくろう》のように鋭い視線を感じていなければ、ボスは眠っていると思っただろう。彼はモリーをまっすぐに見ていた。日焼けした筋肉質の胸まで水につかり、両腕をプールサイドに置いている。

そんなところに目を向けちゃだめ！

モリーはサングラスに視線を戻し、気づかれていませんようにと願った。どんなに努力してもジオを見るとうっとりし、話をすると口が乾いてしまう。ありがたいことに、そんな機会はめったになかった。ジオの秘書はヴァレンティーナで、モリーは秘書補佐だった。今回の出張まで、彼女はロンドン本社のオフィスの外でジオを見たことがなかった。

今日、雇い主のそばにはトップレスの女性がいた。彼女が自分のサングラスを下ろし、モリーを見てきいた。「あの人、なにを持ってきたの？」

ああ、どうしよう。

ジオはこのクルーザーの客だった。彼に恥をかかせて、船の所有者であるラファエル・ザモスとの取り引きを危うくさせるわけにはいかなかった。

モリーは少数の人々に申し訳なさそうな笑みを向けた。プールにいる別のカップルも裸に近い格好をしていて、バーにいる二人の男性も一人は水着姿でシャツを羽織り、もう一人は近くのラウンジチェアに上半身裸で横たわっていた。「私は――」その瞬間、彼女はある人物に気づいた。あれはサーシャ？

友人は別人みたいだった。濃いキャラメル色の髪は明るいブロンドに変わり、優美な顔にも体にも無駄な肉はなく、妊娠でおなかが大きいこともなかった。唇にはピンクのリップグロスをぬり、まつげにはエクステンションをつけ、耳にはダイヤモンドのピアスをしている。

そして薄手の羽織り物で裸の胸を隠しながら、恐怖の表情を浮かべていた。「なにしに来たの？」声から察するに、サーシャことミセス・アレクサンドラ・ザモスはひどく動揺しているようだ。

モリーは顔から血の気が引き、胃が重くなった。

本当に気を失いそうだった。

「どうしたの、アレクサンドラ？　メイドには階下《した》にいてほしかったとか？」ジオのトップレスの恋人がモリーを見て笑った。「ずいぶん気取ってるのね」

「彼女は僕の秘書補佐だ」ジオが顔を上げ、きっぱりと言った。「なにか用か、モリー？」

「ヴァレンティーナが、あの……」咳《せき》ばらいをして、養子である自分の妹の実の母親と十一年ぶりに再会したショックから立ち直ろうとした。

調べておくべきだった！　同僚たちはモリーが十一月のロンドンを離れてザモスの超豪華クルーザーで一週間過ごすと聞くとうらやましがったが、彼女はその所有者の情報を集めなかった。アテネまで飛ぶ間は進行中の交渉について調べていた。しかしモリーはあくまでも秘書補佐で、ジオにつき従うのはヴァレンティーナのはずだった。

それに、サーシャとばったり会うなんて想像もしていなかった。親友の家が裕福なのは知っていたけれど、これほどとは思わなかった。

「ヴァレンティーナから、その……」モリーは書類鞄を上下させた。動揺で声は震えていた。「あなたが早くサインをしたがるはずだと言われて……」

私が赤面している理由を、場違いなところに来てしまった恥ずかしさのせいだとジオが思ってくれますように。サーシャにつらい過去を思い出させた後悔が理由だとは気づかれませんように。サーシャはジオに私をくびにしろと言うかしら？　いいえ、彼女はそんなことを言ったりしない。そうよね？

「君の秘書には補佐がいるのか？」バーにいた男性が銀のシェーカーの中身をマティーニグラスに注《つ》ぎながら尋ねた。「どうりで、君をここへ招待するのに時間がかかったわけだ」

あの男性がこのクルーザーの所有者でサーシャの夫、ラファエル・ザモスに違いない。モリーは詳しいことを知らなかったが、相手に強い興味を抱きながらも驚きを押し殺した。黒髪の男性の日焼けした胸はたくましく、目はとてもやさしそうだった。

大きなサングラスとつば広の帽子で隠そうとしているサーシャの真っ青な顔を一瞥《いちべつ》し、モリーは気を引きしめた。親友の秘密は絶対にもらさない。

「おじゃましてすみません」これは乱交パーティなの？「失礼しましょうか？」

本当は船底にでも逃げこみたかったのに、モリーは無理やりジオのサングラスに目を向けた。

「いや、ヴァレンティーナの言うとおりだ。サインをすませよう」彼が両手をプールサイドについて、軽々と水から上がった。持ちあげた片方の脚からしずくが流れ落ちる前にすっくと立つ。

よくそんなことができるものだ。ジオは今、浅黒い肌と盛りあがった筋肉、無駄毛のない体をあらわにしていた。肩幅は広く、手足は長い。たくましい全身は水泳選手みたいで、引きしまった腰から下には小さな黒の水着をつけている。私はそんな場所なんて見ていないけれど！

「どうぞ」タオルを持った接客係が急ぎ足でジオに近づいた。

モリーは頭の中で、いつも雇い主をジオと呼んでいた。現実にはミスター・カゼッラとしか呼んだことがないけれど。彼は接客係からタオルを受け取り、腰に巻いてからモリーを手招きした。

どきどきしつつ、彼女はペディキュアをぬったサーシャの足の横を通り、革の書類鞄を開けた。

ジオが書類を読む間、まわりにいる全員の視線がこちらにそそがれているのを感じた。彼がタオルで指をふいて二枚目に進む。

ラファエルがマティーニを配りはじめ、人々の注意が一瞬それた。

「ありがとう、ダーリン」サーシャが礼を言って、マティーニをひと口飲んだ。彼女の手は震えている。そのようすに気づいたせいで、ラファエルの視線はよけいに妻にとどまったのだろうか？

旧友と話したいという切望はとても強く、モリーは苦しい喉から悲鳴をあげたかった。手は汗ばみ、全身の筋肉は今にも痙攣《けいれん》を起こしそうだった。

「ペンはどこだ？」

ジオは書類に目を通しおえていて、モリーは雇い主のサングラスに映る自分の姿を見つめた。彼の青い瞳を見たかったけれど、見えなくてよかったとも思った。ジオの瞳の色はアイスランド人の母親譲りの透き通った青で、魂まで見透かされている気がしてしまう。とてもすてきなその目は彼のほかの部分――イタリア人の父親譲りの部分とは対照的だった。

モリーはあたふたとキュロットのポケットをさぐった。

「大丈夫だ」ジオが彼女にしか聞こえない低い声で言った。「君がここに来たことを怒ってはいない」

彼はモリーの動揺ぶりに気づいていたらしい。そして、愛する仕事を今すぐくびになる心配はなさそうだ。それでも恐れていることがあった。秘密は絶対に明かさないとサーシャは約束したけれど、本当に言ったりしないかしら？

ジオがモリーの差し出したペンを受け取ったとき、手が書類鞄を持つ彼女の手をかすめた。モリーの熱をおびている肌に触れた彼の指先は冷たかった。

なんという拷問。

ボスがサインをする間、彼女はじっとしていた。

「これを持って船を降りてくれ」ペンをモリーに返しながら、ジオがラファエルに尋ねた。「そうすれば朝までにロンドンに届くかな？」

「もちろんだ」ラファエルが闖入者《ちんにゅうしゃ》であるモリーをここから連れ出すためにそばに控えていた、白い制服の船員に向かってうなずいた。

「あの、本当にすみませんでした」モリーは書類をフォルダーにおさめながら、それで顔を隠すように続けた。「もうおじゃまはしませんので」

「ちょっと驚いただけなの」サーシャが弁解めいた口調で言い、羽織り物の裾を直した。「知らない人がいたから。私は招待した人の顔も、その人に同行するスタッフの顔も知っておきたいのよ」

「密航者でもいると思ったのかい？」ラファエルが妻に向かって目を細くした。

サーシャは夫の質問に答えず、モリーにきいた。

「あなたはジオのためになにをしているの？」

「ミスター・カゼッラがおっしゃったように、私は彼の秘書であるヴァレンティーナの補佐として、メールや手紙のやりとり、報告書の作成やプレゼンの手伝いをしています。ミスター・カゼッラとの仕事に時間が使えるように、彼女の私用を片づけたりもします。今回は彼女が怪我《けが》をしたので、代理として来ました。乗客名簿に私の名前がなかったのはそのせいでしょう」

サーシャが夫に話しかけた。「認めたくはないけど、あなたの言うとおりかもね、ダーリン。私にも彼女みたいな存在が必要みたい。そうすれば最新の乗客名簿を確認するといった些細《ささい》な用事も忘れなくなるでしょうし」

「妻を幸せにするのが僕の人生の幸せだ。さっそくティノに言って、いい人をさがさせるよ」

「私も自分の希望を彼に伝えるわ。それと……モリー？」サーシャが返事をする隙も与えずに続けた。「気にしないで、誰も責任を追及したりしないから。明日、私の部屋へ来てくれる？　一緒に朝食を食べましょう」愛想よくほほえむ。「あなたの仕事について教えてほしいのよ。私が適切な人を雇えるように。かまわないかしら、ジオ？」

「彼女を引き抜くつもりなら、かまうな。大いに困るね」ジオがタオルを投げ捨て、プールへ戻った。

「ヴァレンティーナも同じはずだ」彼がまたプールサイドに腕を置いた。トップレスの女性が近づき、裸の胸が胸をかすめても気づいたそぶりはない。

「もちろん、どうするか決めるのはモリーだが」

あれは脅しかしら？　モリーは警戒の表情を浮かべた。でもボスの声は、私が引き抜かれるとは思っていないようだった。

「明日は十時に来てね」サーシャが念を押した。「男の人たちは会議をしていて、ほかの人はまだ寝ているでしょうけど。そうでしょう？」

「ひと晩じゅう起きているから、美容のために睡眠をとらなくちゃ」プールの女性が喉を鳴らした。

モリーはその理由を考えないようにして、サーシャに弱々しくほほえんだ。彼女と二人きりで話せることにほっとしているのか、恐怖でいっぱいなのかはわからなかった。母に電話するべき？　それともさっさと故郷のニュージャージー州へ帰るべき？

「じゃあ、明日」そう言うと、サーシャは足早に姿を消した。

1

八カ月後……。

「モリー、僕のオフィスに来てくれ」

化粧室から戻ってきたモリーは、ジオが彼女のオフィスとヴァレンティーナのオフィスの間にいるのを見て驚いた。信じられないけれど、見るたびにこの人の魅力は増している。今日のいでたちはダークグレーのピンストライプのオーダーメイドスーツだが、今はジャケットを脱いでいる。

糊《のり》のきいた白のシャツにベストを合わせ、ネクタイを締めた男性が、モリーは大好きだった。けれどそういう格好をジオがしていると、まぶしくて目を向けられなかった。氷のような青い瞳がきらめき、ひげを剃《そ》った顎がセクシーなせいかもしれない。サイドを短く、トップを長めにした流行の髪型もとてもよく似合っている。

「タブレットを取ってきます」モリーは緊張で汗ばんできたてのひらをスカートでふいた。今日はヴァレンティーナに傷病休暇を申請し、個人的な話をするつもりだった。

「必要ない」ジオが手を振り、秘書の広々としたオフィスの奥にある自身のオフィスへ入るよう促した。そこは無人で、明かりもついていなかった。

おかしい。

ジオのオフィスは温かみのあるアースカラーを基調とした、重厚で広々とした空間だった。快適な応接エリアには、バーガンディ色のソファとそろいの椅子がロンドンの高層ビル群を背景に設置されていて、奥にはバーカウンターと簡易キッチンがあり、小さなテーブルで食事をしたり、一対一で話ができたりした。ホワイトボードのような無粋なものはここにはない。それは彫刻が施された両開きのドアの向こう、役員会議室にあった。

反射的にモリーは、ヴァレンティーナとジオに会うときにいつも座る椅子の前に立った。「十時の秘書ミーティングに立ち会うつもりなのですね？　ヴァレンティーナはあとから来ますか？」

「彼女は来ない」秘書のオフィスのドアを閉めると、ジオは役員会議室へ続く両開きのドアも閉めた。その音は大きく、不吉な感じがした。

「来ない？」モリーの胃がきりきりと痛んだ。天板に大理石が使われたマホガニー製のデスクをまわって彼が席につくのを待つ間、胸が苦しかった。

今日はとっくに神経をすり減らしていた彼女は、ボスと二人きりなのを強く意識した。

ボスへの恋心を隠しきれずにいたにもかかわらず、ジオは気づいたようすもなく、不適切な行動もとらなかった。なのに、今は彼の男らしさが熱い波として迫ってくるのを無視できなかった。座るようなずいたとき、ジオの視線が彼女の薄手のグレーのパンツと淡いピンクのブラウスを一瞥《いちべつ》すると、ヴァレンティーナがいてくれたらと思った。

モリーは今でもまだ自分を、ニュージャージー州から出てきたばかりの田舎者だと思っていた。気後れすることもしょっちゅうで、ジオの目を見ながら仕事ができる気がしなかった。

「ヴァレンティーナになにかあったわけではないのですよね？」前に秘書が休んだのは、膝の怪我《けが》が治っていないころのことだった。

「ああ」ジオが椅子の背にもたれた。「ヴァレンティーナは来たがっていたが、僕がゆうべニューヨークへ行かせた。研究開発部の責任者を引き継いでもらうために」

「えっ？」モリーは喉を絞められたような声をもらした。「あの……すごいですね。驚きました。彼女がそんな役職に興味があったとは知らなかったので」モリーは先輩秘書の昇進を心から喜ぶと同時にパニックに陥った。ヴァレンティーナは私を連れていきたいと思わなかったのかしら？

これから私はどうなるの？　モリーは必死に頭を働かせた。赤ん坊のことは？

無意識に手がおなかに伸びたものの、もう一方の手で制し、さらに考えつづける。

「今回の昇進は以前から決まっていたが、僕とヴァレンティーナだけの秘密にしていた。彼女にはあちらの問題を解決してもらう。積極的に」その言葉とともにジオが眉を上げた。本当の意味はこうだ――〝人員整理をすることで〟

モリーはまばたきをした。機密情報を扱う機会はよくあったものの、今みたいにジオが自分の計画や見解まで話してくれたことはなかった。信頼を得たようで、まごつきながらもうれしかった。

「彼女の意見を取り入れながら、人事異動の発表の草稿を作成してくれ」ジオが続けた。「発表は僕の承認後に頼む。今後は何度か同じことがあるから、忙しくなると覚悟しておいてほしい」

「わかりました」彼女は言葉を切った。「重要な文書の作成は通常、ヴァレンティーナの仕事でした。発表する際は後任の名前を問い合わせ先として入れるのが通例ですが、決まっているのですか？」

「答えはわかっているだろう、モリー」ジオがデスクのキーボードをたたくと、画面が明るくなった。「ヴァレンティーナは君こそ後任に最適だと断言した。査定表を見て、僕もそう思った」画面をモリーに向け、ずらりと並ぶ査定表の九と十の数字が見えるようにした。

「待ってください」モリーは椅子から転げ落ちそう

になって肘掛けにしがみついた。

「僕は社内の者を昇進させたいんだ」

「わかりますけれど……」だからニューヨーク支社のマーケティング部で働いていたとき、社内公募に応募してロンドン本社に来られたのだ。経営学の学位を持っていても、会社の中枢にかかわる仕事に就けるとは思ってもみなかった。「社長兼最高経営責任者《CEO》の秘書なんてできません」

　抗議している最中にも、ヴァレンティーナの叱咤《しった》がモリーの頭の中に響いた。〝自信は自信を連れてくるのよ。自分を信じなさい、モリー〟

「ヴァレンティーナはこの査定のあと、意図的に君の責任の度合いを増やし、あとを引き継げるようにしていたんだ」

「それは全部署に引き継ぎの人員を用意することが義務づけられたからです。緊急事態に備えて」モリーにもユウという若くて魅力的な女性が、万一の場合に後任となれるよう一週間ついていた。

　その万一の場合とは、モリーが傷病休暇に入る三週間後にあるはずだった。

「研究開発部は沈みゆくタイタニック号みたいな状況だ」ジオの口調は厳しかった。「金が無駄になっているだけでなく、情報も流出している。これはゆゆしき事態だ。ヴァレンティーナがその改善に向かった以上、僕には新たに有能な秘書が必要となる。君ならなれるよ。昇進おめでとう」

「ですが……」モリーはまたしてもおなかに触りたいのを我慢した。胃の痛みがいっそう増す。「私は……」押しつぶさんばかりの勢いで膝の上で組んだ両手に力を入れた。それでも妊娠していることは言えなかった。秘密保持契約書にサインしていたからだ。

　しかし今は、黙っていることが問題になっていた。二日前は同僚から、〝サラダばかり食べているのはダイエットのためなの？〟ときかれた。

〝甲状腺の病気なの〟そのときはとっさに嘘《うそ》をついた。

計画では妊娠十二週で健診を受けたあとでヴァレンティーナに話をし、傷病休暇に入れたらと思っていた。けれど、秘書はジオと出張に行ってしまった。妊娠十四週を迎えると、モリーは顔も胸もおなかも背中もどんどんまるみをおびた。

七月に入ってからは三週間前に申請しておけば大丈夫だろうと考えた。通常、夏の間はあまり忙しくない。ユウには仕事を教えてあるから、私がいなくてもそれほど問題にはならないはずだ。

モリーの次の言葉を待っていたジオが眉を上げた。会社にいられないとわかっているなら、昇進の話を受けるわけにはいかない。

「数日、考える時間をいただけないでしょうか？」サーシャにきいてみなくては。でも、昇進するとは言えない。オフィスでのことはすべて極秘事項だからだ。いったいどうすればいいの？

「モリー、君がヘッドハンターと会っているのは知っている」ジオがうんざりした顔でまばたきをした。

「えっ？」一瞬、彼女は面食らった。「どこからそんな話が出てきたんですか？」

「ヴァレンティーナが言っていた。君は最近、勤務時間中に私用で外出していると。そのこと自体はかまわない」彼が肩をすくめた。「外に目を向け、自分の価値を知る権利は誰にでもある。だが、これで君も考えやすくなっただろう」

モリーはそうは思わなかった。外出の理由は転職よりもずっと個人的な用件だったから、ヒステリックな笑いをこらえるのがやっとだった。

「僕も考えている」ジオがキーボードをたたき、淡々と続けた。「君に興味を持ってもらえる条件を用意しよう。二年働くと約束してくれるなら、特別ボーナスを出す。もちろん、補佐は自分で選んでいい。君はユウを気に入っているようだとヴァレンティーナは言っていたが、彼女からはほかにも有能そうな人材の履歴書を何枚も渡されている。つねに僕と行動をともにすることになるから、衣装代も支給するよ。また交際費と社用車の利用も許可する。とても気前のいい申し出だと思うが、ほかにも要求があれば言ってくれ。かけがえのない人間などいないが、僕は君の代わりをさがしたくない。互いにとても居心地よくいられているからね」

居心地がいい？　ジオのそばにいて、そんな言葉は絶対に思い浮かばないわ！

ああ、神さま。私、画面のボーナスの数字がまぶしくてたまりません。

なぜ彼は今、私にとって夢だった仕事を打診してきたの？　サーシャの代理母を引き受けて、ザモス夫妻の子供を身ごもっているときに！

でも、昇進の話は受けられない。とても大変な業務のうえに、明らかに妊娠中とわかる体で働き、数週間休んで復職したあと、赤ん坊を育てている気配がなかったらどうなる？　質問攻めにあうはずだ。

けれど断ると考えると、モリーは泣きたくなった。

「検討することが山ほどあります」ひび割れた声でなんとか言った。「ヴァレンティーナがいなくなったなら、あなたのそばを離れるつもりはありません。ですが、よく考えるために二、三日ください」

ジオが背もたれに体をあずけ、すべてを見透かすような鋭い視線をモリーに向けた。ひょっとして彼に赤ん坊が見えてしまった？

彼女は顔を赤らめてうつむいた。いいえ、彼に対する私のひそかな片思いに気づかれたのでは？

「君は誰かとつき合っているのか？」ジオの口調が不機嫌そうなのは仕事に差しさわるのを気にしているためだとわかっていても、モリーは緊張した。

「いいえ」喉が熱くなり、組んでいる指にいっそう力をこめた。相手の男性を彼と比べるだけになるのに、デートなんてするわけがない。「それと、あなたがきいていいこととは思いません」

「友達としてきいているんだ」ジオの口調は皮肉に満ちていた。「時間が欲しいのはわかるよ、モリー。この仕事に向いていると僕が思う、もう一つの理由がそういうところだ。君は衝動に流されない。かといってなにもしないでいるのではなく、問題には冷静に対処する」

その言葉を聞いて、モリーは大笑いしそうになった。八カ月前、私はサーシャに会いに行って一時間後には〝あなたの代理母になる〟と宣言した。

後悔はしていなかった。しかし、自分がいなくなるとヴァレンティーナの期待を裏切ることになるとは思わなかった。秘書補佐という仕事は簡単だけれど、ジオみたいな人の秘書はほぼ二十四時間、三百六十五日連絡が取れる態勢でいなくてはいけない。急な出張にも対応し、ボスの代わりに私用を片づける場合もあるはずだ。たとえば、彼がベッドをともにした女性に花を贈るとか。

モリーが時間が欲しいことを説明する言葉を考える間、重々しい沈黙が訪れた。外出したのは病院に行くためだったと打ち明ける? ヴァレンティーナには話すつもりで、医師の診断書も用意していた。

ビデオ通話の着信音がしてジオがパソコン画面に目をやり、通話ボタンを押した。「やあ、ヴァレンティーナ」きびきびと応対する。「モリーもいる。控えめな彼女に昇進を遠慮されているところだ」

「ジオ、申し訳ありません」ヴァレンティーナの寄宿学校でたたきこまれた美しい英語はつらそうだった。「イラリオから電話がありました。私の異動を知らなかったからだと思います。あなたのお祖父《じい》さまは重い病気なのに、医者にかかりたがっていないそうなんです」

　ジオの浅黒い顔が青ざめていくのを見て、モリーは心臓が口から飛び出しそうになった。ボスが両親と疎遠なのはよく知られていた。彼を育てたのは祖父で、二人はとても仲がよかった。

　彼女はすばやく有能な秘書補佐の顔になった。

「ヴァレンティーナ、モリーです。ジェノヴァ行きの手配をして、彼と一緒に向かいます。お忙しそうですが、連絡は取れるようにしておいてください。質問があったら電話します」

「わかったわ。ありがとう、モリー」

「では」モリーは立ちあがって、通話終了のボタンをクリックした。「ジェット機の準備をしますね」

「シニョーレ」イラリオは、ジオの祖父がジェノヴァのポルトフィーノに所有する屋敷の執事だ。彼はオットリーノ・カゼッラが結婚して以来、六十年間一族のために働いてきた。

「祖父は部屋かい？」ジオは尋ねた。

「はい《シ》」

「医者を呼んでくれ。僕が診察を受けるよう祖父を説得するよ」

「感謝いたします《グラッツィエ》」執事がモリーに視線をやった。

　ジオがまたモリーの腕をつかんだ。無意識の仕草だった。彼女はジオの恋人ではなく、はいているのも踵《かかと》が十センチを超えるハイヒールではなく、着ているのもイブニングドレスではなかった。だから彼のジェット機や車の乗り降りに手を貸してもらう必要はなかった。

　しかし、ジオは毎回手を差し伸べた。

　モリーの肌はとても温かく、ジオの手は氷のように冷たかった。凍えた指で彼女のシルクのブラウス越しに伝わってくるぬくもりに触れていると、恐怖で凍りついた血液もとけていく気がした。

　祖父がいなくなる恐怖に、ジオは耐えられなかった。だからモリーに触れるという、もっとも即効性のある効率的な方法で追い払おうとしていた。

「私はモリーといいます」彼女がイラリオに太陽のような笑顔を向けた。初めて会ったとき、ジオは心臓に雷が落ちたかと思ったものだ。だから彼女にはあくまで部下として接し、そばにいると体が熱くなるのを楽しみつつもそれ以上は踏みこまなかった。

「ヴァレンティーナは忙しくて来られません」だが自分が後任だという説明はなく、ジオはいらだった。

「いつもは彼女のための部屋が用意されているそうですね？　案内してもらえますか？」

「いや」ジオはモリーの腕をしっかりつかんだ。

「先に祖父に会わせてくれ。なにが問題か知りたい」

ヴァレンティーナをニューヨーク支社に送りこみ、問題の解決にあたらせている最中にもかかわらず、彼は今すべてを放り出してジェノヴァへ来ていた。

祖父に関する心配な知らせを聞いて、気持ちは暗かった。頭の中は、もし祖父を失ったらどうすればいいのかという思いでいっぱいだった。

しかし、社長兼ＣＥＯとしての仕事は山積みだった。モリーは移動中ずっと電話を取り、ヒステリックな相手をなだめて、祖父について考える時間をジオに与えてくれた。その姿にはぼんやりとした満足感を覚えた。

彼女はまた度を越して親切でもあった。今も〝あなたがそう言うなら〟とつぶやいて、小さな子供にするようにジオの手を握った。

女性と深くかかわる気はないが、ジオはモリーの手は受け入れた。だが彼女を引っぱって屋敷の広々とした階段をのぼり、市松模様の廊下を歩くにつれ、下腹部の引きつった感覚は鋭さを増していった。

「ジオ？」モリーが小声で尋ねた。ファーストネームで呼ばれたのは初めてで、彼は驚いて足をとめた。

女性の部下に対しては能力しか意識するまいとし

ていたが、モリーのことはつねに意識していた。淡いピンクの肌と大きな茶色の瞳を持つ彼女には自然な美しさがあった。ヴァレンティーナは自身の魅力を最大限に磨いた一年間で、モリーは自身の魅力を最大限に磨きあげていた。豊かなブルネットの髪はきれいにカールしていて、化粧は機内で直してあった。

最近のモリーは体重が増えたようだ。ただでさえ女らしい体にはやわらかな豊満さが加わっていて、ジオはこれまで以上に目が離せなくなっていた。

「手が痛いんですが」彼女が握られた手をひねった。

彼は悪態をついて手を放し、眉間をつまんだ。

「大丈夫です。わかっていますから」彼女が今度はジオのシャツの袖を撫《な》でた。「正面からぶつかるのはむずかしいですよね。私も一緒に――」

「君も来てくれ」僕は誰かに依存する人間ではない。そんなまねはしたいとも思わなかったから、人に排除されるくらいなら自分から相手を排除してきた。

それはかなり幼いころに学んだ生きるすべだった。

モリーを連れてきたのはそのせいか？　ジオは今朝、昇進に飛びつかなかったモリーにいらだっていた。彼女がどうするか決めるまでは手元に置いておくつもりだった。

それはなぜだ？　ヴァレンティーナがニューヨーク行きを承諾したときは、なんのためらいも覚えなかった。モリーにも〝かけがえのない人はいない〟と言ったではないか。

この瞬間、大事なのはモリーではない、とジオは自分をいましめた。祖父を失うのは避けられないだろう。死は遅らせることはできても、逃れられはしない。誰も永遠には生きられないのだ。

彼は深呼吸をし、祖父のスイートルームのドアに目をやった。

温かな手でふたたびジオの手を握り、モリーがやさしいまなざしを向けた。彼女の茶色の瞳に金色の斑点があるのに、どうして気づかなかったのだろう？　あのとてもやわらかそうな頬を包みこみ、親指で大きめな口の形をなぞりたい。いや、指よりは舌のほうがいい。

　まるでジオの欲望を感じ取ったかのようにモリーの目が見開かれ、彼はドアに視線を戻した。細心の注意を払って彼女の手を握り直し、静かにドアを開けて居間から寝室へ進んでいく。祖父は巨大なベッドにいた。

　子供のころはときどきここに来た覚えがあったものの、大人になってから来た記憶はなかった。見た目は同じだ。結婚したときに祖母が屋敷全体の内装を替えて以来、祖父は何十年もなにも替えていなかった。再婚もせず、真実の愛によって授かった息子以外には子供ももうけなかった。

　透けたカーテンの向こうに海がぼんやり見える。祖父の青白く年老いた顔は淡い光に照らされていた。

「お祖父さん《ノンノ》」ジオはベッド脇に行き、やさしく声をかけた。

　八十歳のオットリーノはパジャマを着ていた。鉄灰色の髪はきちんととかされ、ひげも剃られている。祖父はまばたきをして目を開け、たちまちダークブラウンの瞳に警戒を浮かべた。「来たか」老人がしゃがれたイタリア語で言った。「うれしいよ。彼女は誰だ？　看護師じゃないな」

「彼女はモリーです。僕の……」ジオはまだ彼女の手を握っていた。昇進の話は受け入れられていないが続ける。「秘書ですよ」

「なんと」孫の言葉の短い間になんらかの意味を見いだしたのか、老人は元気が出たようで、視線をつながれた二人の手にそそいだ。

　ジオはモリーの手を放した。「医者はなんと言っているんですか？」

「医者がなにを言おうと関係ない。死ぬときは死ぬんだ」祖父が胸に置いていた手を上げた。「ただ、ジオ、おまえが結婚して息子がいればよかったよ。そうすれば安心して死ねるのに。娘でもいい。私たちが築いた資産を受け継ぐ者がいてほしかった」

「わかってますよ、ノンノ」ジオは罪悪感にさいなまれ、怒りがこみあげるのを感じた。三年前、彼は祖父の願いをかなえようと結婚式に大金を注《つ》ぎこんだ。だが婚約者は幼なじみの恋人と駆け落ちし、ジオに屈辱を味わわせた。

以来、真剣な交際はしていなかった。

ドアが静かにノックされた。

「医者なら会わんぞ」祖父が不機嫌そうにどなった。

「ノンノは僕を頑固な男に育ててくれました。医者がなんと言うか聞いてみましょう。ひょっとしたら、食物繊維をもっととってほしいという話かもしれないじゃないですか」

「おもしろくないな」老人が鋭い目つきで口をとがらせた。「自分の葬式を準備する時間があるかどうか、確かめるとするか」

「私は部屋を出ていますね」モリーが静かに言った。

「お会いできてよかったです、シニョール・カゼッラ」正確なイタリア語でつけ加える。「早くよくなることをお祈りしています」

「私のことはオットリーノでいい」老人が訂正した。「遠くには行かないでくれ。君がいると部屋が明るくなる」

「ジオが必要とするならいます」モリーが安心させるような笑顔で言った。

「彼女がただの秘書だと？」オットリーノが低い声でうなった。

ジオは祖父の言葉を無視し、出ていくモリーが迎え入れた医師のほうを向いた。

・

2

ひどい吐き気に襲われて、モリーは近くの化粧室をさがした。原因は食あたりだと信じたかった。それか、つわりだと。けれど、本当は純粋なストレスだった。

なんという日かしら！　まだ昼過ぎなのに。

ジオの予想どおり、ヴァレンティーナがニューヨーク支社で問題の解決に乗り出したとたん、携帯電話は鳴りやまなくなった。動揺は支社の受付係から取締役まで疫病のように広がっていて、誰もがジオと話したがり、職を失うのかどうかを知りたがった。

モリーは人事異動の発表の草稿を書いたものの、ジオが考えごとをしていたので承認は求めなかった。したがって電話の相手には〝近日中にお知らせします〟〝私からきいてみます〟といった曖昧な返事ばかりするはめになった。

モリーは忙しい日々が大好きだった。困難な状況を切り抜けるのが楽しかったからこそ、秘書という新しい役割を引き受けられない自分がとてもいらだたしかった。

ひどい吐き気と同じくらい、その葛藤にも苦しんでいた。

「モリー？」ジオが化粧室のドアを音高くノックした。「君も病気なのか？」

「えっ？　ああ」トイレの水を流して立ちあがると、顔に水をかけて口をすすいだ。涙でマスカラはにじみ、頬はまだらに紅潮している。

最高だわ。彼によく見られたいわけじゃないけれど、嫌悪感は抱かれたくない。

モリーは見苦しくない程度まで身だしなみを整え

てからドアを開け、ジオの前に出た。彼は心配そうに顔をしかめていた。「医者を呼ぼうか？」

「いいえ、私は大丈夫です。お医者さまはお祖父《じい》さまについてなんと言っていました？」

「心臓にウイルスが感染した可能性があるらしい。祖父《ノンノ》は点滴を許したが、病院に行くのは拒否している」彼が髪をかきむしった。「祖父は結婚十五年で祖母を亡くした。それからずっと独りなんだ」

「まあ」モリーは同情で締めつけられた胸に手をあてた。

「ノンノに無理やり治療を受けさせることはできない。だが……」本当は治療を受けさせたいのだ。祖父の部屋へ目をやるボスのつらそうな姿から、彼女は察した。

「とても残念です、ジオ」胸は共感でいっぱいだった。この数十分は見ているのもつらかった。彼は祖父の最期に立ち会おうとしている。きっと耐えがたい気持ちでいるはずだ。

モリーは本能のままに行動した。ジオの腰に腕をまわして少しでもなぐさめようとする。

しかしジオが体をこわばらせると、部下としての一線を越えたのに気づいた。恥ずかしさのあまり引きさがろうとした次の瞬間、彼の腕がモリーを包みこんで強く抱きしめた。

なぐさめるのが目的だったはずなのに、気づくと彼女は目を閉じてジオの抱擁にひたっていた。これでは別の役割で一緒にいると言われそうだ。いつでも触れていられる彼の大切な人みたい。その人なら頬に鼓動や糊《のり》のきいたシャツから伝わるぬくもりを感じ、杉と香辛料に似た香りを吸いこんで我が家へ帰ってきた気分になる資格があるだろう。

モリーはジオの背中に手をやり、唇を差し出したいというとんでもない衝動に駆られた。

だが突然ジオが彼女を放し、つぶやいた。「不適切だったな」

「わかっています。私こそ――」

ジオが手を振って、先ほどの抱擁をなんでもないというように受け流したので、モリーはよけいに胸が痛くなった。

心を閉ざしているのか、彼が読めない表情で化粧室を顎で示した。「病気でないとしたら、吐いた原因はなんだったんだ？」

「緊張です」モリーはきっぱりと答え、両手をポケットに入れておなかには触らないようにした。

「なぜだ？　新しい仕事のせいじゃないよな？　君は期待したとおりの働きをしてくれている。問題はないはずだ」彼女を見るジオの表情は険しく、鮮やかな青い瞳は鋭い。「報酬に不満があるなら、そう言えばいい。おどおどするのはなしだ。今日片づけなければならない仕事に取りかかろう」

こみあげる感情で胸が熱くて、モリーはか細い声しか出せなかった。「私には無理です」

ジオに必要とされているとわかっていて断りたくなかった。なんてことなの。私が慎重に立てた計画はすっかり行きづまっている。朝から頭をフル回転させ、なんとかしようとしているのになにも思いつかない。

「なにが問題なんだ？」腕組みをした彼は、まさに部下を威圧するボスそのものだった。「はっきり言ってくれ」

ジオの下で働くのは一生に一度のチャンスだった。でも、私には荷が重すぎる。彼が魅力的すぎるから。私妊娠という秘密をかかえていなかったとしても、私

は恋心を隠すのに苦労するに違いない。ヴァレンティーナがしてきたように彼と四六時中顔を合わせて働いていたら、妊娠の事実とともにたちまち見抜かれてしまいそうだ。

かといって断ったら一生後悔するに決まっている

し、キャリアも築けない。たしかに半年もすれば職場には復帰できるだろうけれど、今回の昇進をはねつければもうチャンスはない。おまけに、並はずれてすてきなジオをよく知るチャンスまで失ってしまう。

トレイを持ったメイドがあわただしく脇を通り過ぎ、オットリーノの部屋へ入っていった。

メイドのようすに焦った表情を浮かべ、ジオがロンドン本社を出てからずっとしていたようにモリーの肘をつかんだ。そして、彼女を別の男性的な色調のスイートルームの寝室へ連れていった。その前に通り抜けた居間には細長い窓の下にデスクが置かれ、海を見おろすバルコニーに出られるドアがあった。

人生のほかの時期だったら、モリーはこういう部屋にはかり知れない魅力を感じただろう。けれどドアを閉めるジオを見て、はっとした。

「ここは僕の部屋で、ほかの人はいない」彼が腕を組んだ。「さあ、話してくれ」

話せるならそうしているのに！

それでも、モリーには言わなければならないことがあった。唇を湿らせ、しどろもどろになりながら説明した。「ヴァレンティーナが言っていた私の外出は病院通いです。そのことについては話したくないのですが、この先休暇が必要になるので――」

ジオが鋭く悪態をついた。「君は妊娠しているのか？」

「どうしてそう思ったんですか？」モリーがうろたえたようすでデスクのそばの椅子の背につかまった。

「ほかに説明のつく理由がない」ジオは顎にアッパーカットでも食らった気分だった。だが間違いない。妊娠しているなら、たいていの者が喉から手が出るほど望む仕事を引き受けたがらない彼女の態度も、先ほどの嘔吐《おうと》も納得できる。「否定しなくていい。

君の顔には罪悪感がこれでもかと浮かんでいる」

モリーが椅子の背をさらに握りしめて青ざめた。一瞬、失神するかと思ったが、窓のほうを見て背筋を伸ばした。

ジオも気絶しそうなほどのショックを受けていた。それはなぜだ？　人には私生活があるものだ。そこにはモリーも含まれるが、相手は誰だ？「つき合っている人はいないと言ってなかったか？」

「いません」声はこれまで聞いたことがないほど硬かった。「このことは話したくないんです。私の体のことですから、あなたには関係ないでしょう」

閉まっているバルコニーのドアに向かい、モリーが外を見つめた。平均的な身長の彼女の肩は華奢《きゃしゃ》で、ヒップは豊かで悩ましかった。だが、数カ月前より確実にふくよかになっている。

「ヴァレンティーナは知らないんだな？」もし知っていたら、僕に話しただろうか？　彼女はとても忠実だが、とても倫理的でもある。本人の許可も取らず、妊娠を報告するとは思えない。

「誰も知りません」モリーの声は警告めいていた。「順調にいかなかったときのために、妊娠初期は隠しておくのが一般的なので」

流産の心配をしているということは、彼女は明らかに赤ん坊を望んでいるのだ。ジオの頭はフル回転した。いったいどこの男がつき合いもせずにモリーをベッドに引きずりこんだ？「おなかの子の父親は知っているのか？」

彼女が口元をこわばらせた。「あなたにお伝えしなければならない情報ではありません」

「君をくびにはしないよ、モリー。産休が必要なら取っていい。なにが問題なのか教えてくれ。なんとかする。そうすれば秘書を引き受けられるはずだ」

〝彼女がただの秘書だと？〟祖父の言葉がジオの頭の中に響いた。〝おまえが結婚して息子がいればよかったよ。そうすれば安心して死ねるのに〟

「とてもプライベートなことですから話したくありません」モリーが腕組みをした。「ヴァレンティーナには半年の休暇を申請して三週間後から休むつもりでした。問題がなければ、あなたに申請しようと思っていました。ヴァレンティーナの後任に誰を選んでも、私は賛成します――」

「三週間後から？　妊娠何カ月なんだ？」

「三週間後からです」質問を無視して、彼女がきっぱりと答えた。「この話はもう終わりです。これはあなたが今まで私のデスクに持ってきた、どんな会社の情報にも劣らない機密ですから。私は本気ですよ、ジオ。だから誰にも言わないでください」

顎を上げ、目を好戦的に輝かせるモリーの姿など見たことがなかった。なんてセクシーなんだ。

〝遠くには行かないでくれ〟祖父の声がまた頭の中でこだました。〝君がいると部屋が明るくなる〟

彼女なら祖父の最期も明るくしてくれるだろうか？「三週間後」ジオは繰り返し、頭の中で計画を立てていった。「詮索したいわけじゃないが、これから三週間、君の時間を僕がもらったら、赤ん坊の父親は腹をたてるだろうか？」

彼女が自分の両方の肘をつかんで肩を落とした。唇をすぼめ、自分の発言を思い返しているようだったが、最後にしぶしぶ顔をしかめて譲歩した。「子供の父親と私に、あなたが思っているような関係はありません」

よかった。

「私はあと三週間、働くつもりでした」モリーがうつむいて続けた。「だから、時間を差しあげることはできます」

「彼は君と赤ん坊を養う気でいるのか？　だから昇進の話を断りたいのか？」

「三週間、その話題は禁止です」彼女が自分のおなかを撫《な》でた。「それが私の条件です」

「三週間、僕は君がとどまりたいと思うような条件を提示しつづけるよ」反論しようと口を開いたモリーにはかまわず、ジオは続けた。「それに契約期間を倍にしてくれるなら、ボーナスも倍にする」

「冗談でしょう――」

「もう三週間働いてくれるなら倍、十二週間働いてくれるなら四倍にしよう」

「夢みたいな話はやめてください」

ジオは肩をすくめた。「君は僕に三週間という時間をくれると言ったのだから、補佐が必要になるだろう。僕はここに残り、ジェノヴァ支社で仕事をする。君は体力的に限界があるだろうが、できる限り僕が望む役割はこなしてもらう。つまり、君は僕のものだ」

モリーが目を見開き、頬を赤らめた。

普段のジオならその反応を必死に無視していただろう。女性に興味を示すとろくな結果にならない。彼は裕福で、身なりもよく、知的で、健康な男だった。女性からの注目にうぬぼれることはないが、モリーに見つめられるのはとても好きだった。

それでも雇い主として、部下への欲望は抑えつけていた。海には魚がたくさんいるのだから、働いている場所で釣りをする必要はない。実際、モリーを秘書にする唯一の懸念があるとすれば、自分の彼女へのささやかな興味だと考えているくらいだ。しかし二人の関係は変化し、予想以上に個人的なものになりつつある。

それは問題ではない。うまく処理してみせる。

彼女が唇を噛《か》むまで、ジオはそう信じていた。

「もし私がその条件に同意したら、決して誰にも言わないと約束してもらえますか、私の――」モリーが視線を以前よりもふくよかになった体にやった。

「約束する」彼は手を差し出した。

モリーが唾をのみ、ジオの表情をさぐるように見た。

彼女は、僕が一線を越えることはないと宣言するのを待っているのだろうか？

「僕たちは合意に達したのか？　それとも、君はもっとボーナスが欲しいのか？」

「ばか言わないでください」予想どおり強欲だとほのめかされて、モリーがあわてて彼の手を握った。「あなたはとても寛大なんですね。感謝します」

彼は鼻で笑った。「僕は寛大なんかじゃないぞ、モリー。欲しいものを手に入れるために必要な代償を払うだけだ」

「どういう意味ですか？」モリーが手を引っこめようとしたが、ジオはそうさせなかった。

「僕は、君が婚約者だとノンノに言う気だから」

3

驚きのあまり、モリーは言葉を失った。

握手をしたまま、ジオは眉を上げて挑発している。

「昼食にしようか」彼が手を下ろし、ドアに向かった。「それから祖父にうれしい知らせを伝えよう」

「ミスター・カゼッラ――」

「やめてくれ、モリー」ジオが彼女を鋭く一瞥《いちべつ》した。「撤回はなしだ。僕は君の条件を受け入れ、君も僕の条件を受け入れた」彼がドアを開けた。

「私をだましたんですね」モリーはボスの寝室から逃げるように出た。

「油断大敵という教訓を学んだと思ってくれ」ジオが見かけたメイドにイタリア語で言った。「テラスに昼食を頼む」

呆然《ぼうぜん》としたまま、モリーはジオのあとについていった。妊娠を知られたとサーシャに伝えなければ。

「私のバッグはどこですか？」テラスに行き、オレンジとナツメグの香りがする冷たい飲み物をグラスに注《つ》いでくれた若い女性にきく。

ジオが言った。「僕たちにはすることがたくさんある。まずは人事異動の発表原稿を作成しよう。ほかは後まわしでもいい」

モリーのノートパソコンが届くと、二人はグリーンビーンズサラダやプチトマトと黄色いズッキーニを添えたニョッキを食べながら仕事をした。デザートはリコッタチーズソースをかけたケーキだった。

そのころにはモリーは料理のおいしさと、ジオの大胆な決断を目のあたりにできる興奮にすっかり酔いしれていた。彼とぴったり呼吸を合わせて働くのは、まるで官能的なアルゼンチンタンゴでも踊っているかのようだった。

ジオが医師と話すために席を立ったとき、モリーはようやくひと息ついた。自分の携帯電話を取り出し、サーシャにメールを送った。

すぐにメールは既読となった。

「携帯を二台持っているのか？」

モリーは驚いて電話を落としそうになった。どうにか笑顔を作り、メール画面を消し、電話をテーブルに伏せて置く。「こっちは妹用で。自分と生活時間帯が違うのを知っているのに、しょっちゅうメールをよこすんです。それはいいんですが、仕事用の携帯電話でやりとりはできませんから」

「君の家族のことはよく知らないな」ジオは椅子に座った。ほかにもきょうだいはいるのか？」ジオは椅子に座った。「家族はどこに住んでいる？」興味はないが、モリーに婚約者のふりをしてほしいなら知っておくべきだろう。

「お祖父《じい》さまのこと、お医者さまはなんと言ったんですか？」

「いい話ではなかったよ」口調はひどく沈痛だった。

「とても残念です」モリーはうつむいた。ジオにとって祖父はとても大切な存在に違いない。

「僕は祖父《ノンノ》の最期を幸せなものにしたいんだ、モリー」ジオが静かに言った。

「わかります」どうやらオットリーノは数日の命らしい。それなら善意の嘘《うそ》になんの害がある？

問題があるとすれば、私がボスへの思いを抑えきれなくなるかもしれないことくらいだけれど、なんとかしてみせる。彼は余命わずかな祖父のために演技をしてほしいだけなのだ。「婚約者になるのはお祖父さまの前に限るのですよね？」モリーは顔を上げてきいた。「あの部屋の中だけに」

ジオとはキスもするのかしら？　彼女はボスの険しい口元から視線《シ》をそらした。絶対にそれはないわ。

「そうだ」

「約束ですよ」下を向く。「この子が証人ですから」

「わかった」彼がうなずいた。

モリーの携帯電話が鳴り、サーシャからの返信かと思って彼女はびくりとした。「ほら、言ったとおりでしょう？　猫の動画にダンスの動画。それと〝私の宿題を片づけてくれない？〟ですって」文章に続いて送られてきた短い動画では、ひざまずいた男性が両手を握りしめて懇願していた。その上には〝お願いします〟という文字が揺れている。

「妹は何歳なんだ？」

「十一歳です。こういうときの返信って悩みの種で」モリーは考えこんだ。「もしメールを返したら、妹は授業中で先生にばれるかもしれない。そうなると妹はその日一日、携帯電話を使えません」声に出しながら返信を打つ。「〝図書館に宿題を忘れてきたと言って、取りに行くふりをして時間を稼ぎなさい〟」

「悪くない」

彼女は肩をすくめ、電話を脇に置いた。

「かなり年齢差があるな。君は二十五歳だろう？」

「二十六歳です」少し悩んだあと、モリーは年下の妹の話題になった際に話していることを繰り返した。「母は私の下に子供を作るつもりがなかったんです。私が六歳のときに父と離婚したのは、母が助産師として忙しすぎたからでした。私は妹が欲しくてもあきらめていましたが、ある若い母親が子供を養子に出したがっているのを知ったんです。リビーが母と私のもとに来てくれて本当に幸せでした」

ジオが言った。「大変なこともあっただろうな」

「そうですね。年が離れているせいで、生き方も全然違いますし。私は高校まで家庭学習《ホームスクール》で学び、その後地元の大学に進んで学位を取得すると、独り立ちしてキャリアを築くと決めました。母は私の夢を応援してくれて、ロンドンへ転勤になったときも背中を押してくれました。正直、まさかここまでこられるとは思ってもいませんでした」ジェノヴァにあるボスの実家を訪れて、彼の婚約者のふりをすることになるとも。

「ああ、そうだろうな」ジオがうなずいた。「君はニューヨークに帰りたいだろう。家族と一緒に赤ん坊を――」

「ジオ」モリーは厳しい目を向けた。

「そうだ、禁句だったな」ジオが両手を上げた。「君がニューヨークで働くことは検討してもいい」

「私の弱いところをつくんですね」

「そこが僕の長所なんだ」

携帯電話がまた鳴った。モリーが電話を持ちあげてちらりと見ると、サーシャから返信が届いていた。

〈今は話せないの。支度中だから〉

文章がそっけなくても、モリーは腹をたてなかった。さまざまな理由から、サーシャとラファエルは代理母による出産を秘密にしていた。スタイリストやほかの人たちがうろうろしているところでは、自由に話せないはずだ。

「なにか問題でも？」ジオが尋ねた。

「いいえ」彼の前では考えごとをしないこと。そう心にとめ、モリーは携帯電話の電源を切ってバッグに入れた。

「よし」彼が立ちあがった。「ノンノに言いに行こう」

オットリーノの顔色はまだ悪く、胸に置いた手には点滴のチューブがつながっていた。「戻ってきたんだね」老人がもう片方の手を弱々しく持ちあげた。

モリーは急いでそのこわばった冷たい指を両手で包みこんだ。

「ああ、温かい《セイ・カルド》な」オットリーノが言った。「どうして君と会ったことがなかったんだろう？」

「私がロンドン本社で働いているからでしょうね」

「だが、君はアメリカ人だろう？」

「モリーは数年前、ニューヨーク支社で働きはじめたんです」ジオの重い手が肩に置かれ、彼女はうなじの毛が逆立つのを感じた。

全身の細胞がジオを意識していた。腹筋が緊張し、胸がうずき、頬が赤く染まる。オットリーノはモリーのそんな反応を見つめていた。

「この一年、彼女にはヴァレンティーナの下で働いてもらっていました。ですが僕はヴァレンティーナをニューヨークへ派遣し、そこで起こっている問題に対処してもらうことにしたんです」

「そうか《ベーネ》、そうか《ベーネ》」モリーのピンクの頬から彼女の腕を撫《な》でるジオの手に、老人が鋭い視線を向けた。

「さっきは正直に言えなかったことがあるんです、ノンノ」ジオが続けた。

「わかっているぞ。彼女のことだろう？」オットリーノがからかった。

ジオに腕を撫でられてモリーはどきどきしていたが、彼の手に手を重ねた。

するとジオがモリーを引きよせ、両腕をまわして自分に密着させた。

体がかっと熱くなり、モリーは骨までとろけそうだった。ジオに寄りかかったまま、赤い顔でどうしようもない反応を隠そうとしたけれど、うまくはいかなかった。オットリーノに演技を見透かされないよう、老人の手を握る自分の手を見つめる。

「思いがけなく始まった関係だったんですが」ジオの低い声が彼女の背中に響いた。「結婚を申しこんだら、モリーは承諾してくれました。ノンノを安心させるために知らせたいとは思っていたんです」

「すばらしい知らせだ」老人が震えるようなため息を長くついた。目に涙を浮かべ、握っていたモリーの手を引っくり返す。「だが指輪はなしか？　ジオ、お祖母《ノンナ》さんの指輪を金庫から出してきなさい」

ジオの体が硬直し、息をのむ音が聞こえた。

その反応にはボスの本心が表れていて、モリーは鼓動が速まり、全身で警戒した。

「あの、私は――」しかし否定の言葉は、ボスの腕に力がこもると続かなかった。

「うれしいです、ノンノ。ありがとう」

ジオが抱擁を解いた。老人のために部屋はサウナ室のような暖かさだったが、モリーはぞっとした。

一八〇〇年代の婚礼衣装を着たカップルの大きなモノクロ写真の前に、彼が移動した。額に入った写真をずらすと隠し金庫が現れた。

「指輪はもともと私のノンナのものだった」オットリーノが話し出した。「その後は私の母が、そして私のテレーザがつけたんだ」モリーの手の中で老人の手は震えていた。「ぜひ君にもつけてほしい」

ジオのお母さんはつけなかったの？　モリーは思

った。ベルベットの箱を持ってくるジオの目は彼女にこう訴えているようだ。〝僕に合わせてほしい〟

そして、ジオは片方の膝をついた！

「まあ！」思わずもれ、モリーは口を両手で押さえた。

「モリー・ブルックス、僕と結婚してくれないか？」彼が指輪を差し出した。彼女は息もできず、言葉を口にできなかった。信じられない！

オットリーノがくすくす笑った。「手を差し出してやりなさい、愛らしい子《カリーナ》」

モリーは右手を差し出した。ばかね、違う。左手でしょう？　その手ははっきりと震えていた。

これは現実じゃない。現実であるはずがない。

ジオが指輪をモリーの指にはめた。まるで彼女のために作られたかのように指輪がぴったりと薬指におさまると、彼が手にキスをした。

母に婚約したと伝えられたら、とモリーは思った。リビーとサーシャにも。彼女は今にも泣きそうだった。なぜこんな最悪のタイミングで夢がかなうの？

ジオが立ちあがり、モリーの手を持ちあげた。彼女の目は涙でかすんでジオの顔が見えなかった。恥ずかしさで死にそうだと思いながら、つながれた二人の手を見つめる。「私ったらばかみたいですよね」

こんな私を、ジオはどう思っている？

「君は完璧な女性だよ」彼がやさしく言ってモリーの顔をそっと包みこみ、唇に軽くキスをした。

祖父のためにしているとわかっていても、ジオが身を引こうとすると、モリーは唇を押しつけて彼に腕をまわした。そうしてはいけないと思いつつも、気持ちを抑えられなかった。彼女の中のすべてがこの瞬間を望み、現実だったらと願っていた。

鼻孔がふくらみ、目の奥に稲妻のような光がひらめいたかと思うと、彼がキスを深めた。なんなくモリーの唇を開かせ、徹底的にむさぼる。

そんなキスは初めてで、彼女はジオの肩にしがみついた。全身はまるで世界を焼きつくす炎の中に飛びこんだかのようにほてっていた。

モリーの細胞や神経が高ぶっている間に彼が身を離し、オットリーノが乾いた笑い声をたてた。

彼女は頬を紅潮させていた。体にはまだジオの感触が残っている気がして喜びを抑えられなかった。

「生きる理由ができたよ」老人がか細い声で言った。「救急車を呼んでくれないか、ジオ。入院すれば、おまえの結婚式まで生きていられるかもしれない」

数時間後、ジオはジェノヴァに所有する自身のアパートメントで緊張を解いた。支社にも病院にも近いので、祖父の屋敷ではなくここで寝起きすることにしたのだ。病院への搬送は体に負担をかけたものの、酸素の吸入と抗ウイルス薬で祖父は落ち着き、スープも少し口にした。

祖父のようすを確認する間、ジオはブティックの店員と電話をするモリーの声を耳にした。なにも持たずにジェノヴァに来た彼女は、ひどく不安そうな声で話していた。彼はモリーに携帯電話を渡してもらい、代わりに交渉した。

「サイズは聞いたか？」潤沢な予算額を伝える。「あらゆる場面を考えた服を数週間分、用意してほしい。もしなければ、ほかの店にも声をかけてくれ」ジオの名前を聞いて相手は信用したらしかった。彼は配達先を教え、モリーに電話を返した。「君は任せることを学ばないと」

ブティックの店員は予算を一ユーロ残らず使い、ジオの要望どおりの品物をそろえて届けた。

病院を出たあと、二人はジェノヴァ支社で遅くまで働いた。

「なにか飲むかい？」ジオはバーコーナーに行った。

「わかってないのね」モリーがブティックから届い

た小包の山を見ながら疲れた声で言った。

相手が妊娠しているのを、彼は思い出した。もっとも重要な事実を今の今まで忘れていたのは信じたくなかったせいだ。仕事上不都合なうえ、悩まずにいられなくなるからでもある。彼女が寝た男は誰なのか？　なぜそいつは、彼女と子供の人生にかかわろうとしないのか？　僕ならそうするのに。

スコッチウイスキーを注《つ》いでいっきに飲み、その考えを追い払う。魂を揺さぶるほど衝撃的だったキスのことは思い出さないようにしていた。

あれは感情が高ぶっていただけだ。

祖父は父にも母にも、四年前の孫の婚約の際にも贈るのを拒んだ指輪を出すよう言った。モリーにその指輪をつけてほしいという言葉を聞いたときには驚いた。祖父は本当に死を覚悟していたのだ。

その事実も、ジオは信じたくなかった。ほんの三十分前、病院で眠りについた祖父は熱も下がって顔色もいいとのことだった。容態が変わったらすぐに連絡すると、担当医は約束した。

支社で仕事をする間、モリーは噂《うわさ》になるのを避けるために指輪をはずしていた。ジオはシャツのポケットをさぐり、指輪があるのを確認した。自分に結婚して子供をつくる義務があるとはわかっていたが、漠然とした不安も感じていた。もし僕が両親と同じく育児に関心を持てなかったら？　もし子供を傷つけたら？　父親が自分の父親を失望させたように僕もノンノを失望させたら、どうすればいい？

モリーは親になる準備ができているようだ。彼女はコーヒーもアルコールも口にせず、たまに休憩を取ってはチーズやナッツを食べていた。

僕は彼女に無理をさせていたのだろうか？　今日はいつもに近い働き方をさせてしまった。しかも婚約者のふりをするという負担までかけた。

「私の部屋はどっち？」モリーが配達された小包を

いくつかかかえて廊下をちらりと見た。

「なにをしている？　手を離すんだ」

「軽いから」

「それは君の補佐が片づける。なぜネロはここにいないんだ？」モリーは秘書補佐の候補者を、それぞれ別の長所を持つ三人まで絞ってから全員を採用してチームを作りたいと提案した。たまたま、彼らは〈カゼッラ・コーポレーション〉の本社または支社があるロンドン、ニューヨーク、ジェノヴァに住んでいて、ジオにとっても都合がよかった。

「ネロなら帰したわ」

「なぜ帰した？」

「あなたが仕事は終わりだと言ったので」

「僕たちはそうだ。僕とヴァレンティーナのために、君は朝四時から何回電話をかけた？」

「さあ」モリーが肩をすくめた。「数十回くらいかしら？」

「引っきりなしだ。ネロに電話して夕食の予約をさせ、小包を片づけさせるんだ。言い訳をするなら、彼はこの仕事には向いていない」

ジオをにらみつけたものの、彼女が小包を床に置いた。「私たち、外食するの？　勤務時間外なら、お風呂に入って休みたいんだけど」

相手は妊婦なんだぞ。彼は顎に生えた無精ひげをさすった。頭にはモリーの裸身が思い浮かんでいた。彼女はまだバスタブにつかってもいないのに、その想像が何週間も続くのを覚悟した。「わかった。だが、夕食を自分で注文するのはやめてほしい」

モリーはあきれた顔こそしなかったけれど、本心ではそうしたいのがジオにはわかった。彼女はネロに電話をして丁寧に説明した。「もう帰っていいと言ったけれど、予想外の事態があって急にお願いしたいことができたの。対応してもらえるかしら？ああ、ありがとう。この会社は努力すればするほど報われるところだからがんばってね。お願いしたいのは食事を届けることなの。軽めの、野菜たっぷりな料理がいいわ。ついでに朝食の手配もして、明日は早めに来てくれる？」

「よろしい」電話を終えたモリーに、ジオは言った。その傲慢なひと言に、彼女が眉をひそめた。「ヴァレンティーナはどの部屋を使っているの？」

「彼女はいつも祖父の屋敷に泊まる。ここは夜遅くなったり……」デートには便利な場所だった。

その場合、女性は客用寝室を使わなかった。客用寝室にベッドがあるのかどうかさえ僕は知らない。

モリーは口の端を噛《か》み、ジオの視線を避けている。

彼はモリーを廊下へ案内した。アパートメントは海に面した歴史的な建物だったが、内装は現代的で、浴室を挟んで夫婦それぞれの主寝室があった。

妻用の寝室に通されても、モリーは部屋のアイボリーの薔薇《ばら》の装飾には目もくれなかった。不安そうで疲れているようだ。

今日の彼女は仕事の範疇《はんちゅう》を超えて僕を助けてくれた。祖父の前で僕が抱きしめてキスをするのさえ許してくれたのだ。

ジオは欲望がこみあげるのを感じた。強い酒が飲みたくてこのアパートメントへ来たのと同じくらい、セックスを切望していた。

互いの反応から察するに、モリーと一つになったらすべてを忘れるほどの深い満足が得られそうだが、そんな展開はありえない。彼女は僕の部下であり、ほかの男の子供を妊娠している。

だめだ。モリーと関係を持つには複雑な問題が多すぎる。だが、彼女とベッドをともにした赤ん坊の父親がうらやましくてたまらないのも事実だ。

それにしても、なぜそいつはモリーの面倒を見ないのだろう？　僕にとってはありがたいが、尊敬はできない。自分が親の育児放棄に苦しんだせいか、女性と子供に対して責任を負わない男は許せない。

いらだちと矛盾した思いから逃れたくて、ジオは浴室へ行ってバスタブに湯を張ろうと決めた。自分の寝室へ入ってドアを閉め、鍵をかけたものの、ふと思った。モリーになにかあったらどうするんだ？

ばかな。彼女は大人だ。三十分、風呂に入ったくらいで溺れるわけがない。相手はただの部下なのに、なぜここまで思い悩む？

いや、単純に、人として心配しているにすぎない。モリーは妊娠中だし、僕は世界最高の雇い主ではなくても部下の健康状態は気にかけている。

「聞いてくれ」モリーの寝室へ引き返して声をかけた。「僕が限界まで働くのはわかっていると思う。だが君自身が限界だと思ったら言ってほしい」

「本気で言ってるの？」

「そうだ」

モリーがうなずいた。「じゃあ、私の限界を言うわ。あなたとは結婚できないし、するつもりもない」運んできたいくつかの小包の一つを、淡い青のナイトドレスを広げたベッドの上に投げた。

無視しろ、とジオは自分の内なる野蛮人に命令した。だがナイトドレスのギャザーを寄せた部分が彼女の豊満な胸を包み、スカラップレースの裾が腿に触れるところを想像するのはやめられなかった。

「お祖父さまには回復してほしいと思っているけど、もし元気になったときは……演技はできない」モリーが別の小包から保湿クリームを出した。

そのとおりだが……。「祖父は病院で治療を受ける気になってくれた。婚約者のふりをしてほしいと頼んだことについて謝るつもりはない」

彼女が向けた挑むような目は、〝キスしたことも謝らないの？〟と問いかけていた。

これ以上モリーには近づかないという決意とは裏腹に、ジオは彼女の視線を受けとめ、情熱的なキスを後悔していないと伝えた。

キスを思い出して、ジオの下腹部に熱が生まれた。

モリーが顔を赤らめ、唇を引き結んで目をそらした。とてもやわらかく、おいしそうな唇だ。

彼の頭の中に、モリーの唇以外の場所にキスをするという妄想が広がった。彼女を一糸まとわぬ姿にし、脈打つ喉から脚の間までを味わいたい。

目をそらす前、モリーの顔には切望と苦悩の両方が浮かんでいた。肩が落ち、口がゆがんでいるようすから、一日ですっかり疲労困憊《こんぱい》したらしい。

「今日は本当に感謝している、モリー」ジオが二人の関係を仕事上のものに戻そうとすると、明るい茶色の瞳が警戒しつつも彼にそそがれた。「僕の過度な要求に、君は立ち向かってくれた。そういう人に働きつづけてもらいたいんだ」

モリーの目にきらめいたのは失望か？　頰を染めたのは拒絶の表れか？　しかし次の瞬間、彼女は愛想のよい笑みを浮かべた。「あなたは私に、長く会社にいてほしいと言ってるの？」

ジオはドア口へ戻った。「というより、〝この会社は努力すればするほど報われるところだから〟だ」

「まあ」モリーが笑い出したので、彼はうまくいったと思った。「三週間、演技はするわ、ジオ。今日は除いて。でも、それが限界よ」

三週間では短いし、足りない。自分の望みを否定されるのに慣れていなかったせいで、ジオは胸をダイヤモンドの矢で射抜かれたような気分だった。妻用の寝室をあとにしてモリーがドアを閉めても、その矢が消えてなくなることはなかった。

モリーは共有の浴室で湯につかり、配達された料理を食べた。それからベッドでたっぷり眠ったおかげで、目覚めはすこぶるよかった。唯一、ジオがシャワーを浴びている最中に浴室へ入りそうになったときは気まずい思いをした。

昨日は異常な一日だった。オットリーノの前では婚約者のふりをしなければならないかもしれないけれど、秘書の仕事もおろそかにはできない。

昨夜、髪を洗っておいたので、シャワーを浴びる必要はなかった。彼女はキッチンのそばにある化粧室で顔を洗い、化粧をして髪をまとめ、服を着た。

とんでもなく気前がいいジオは、モリーに山ほど服を買い与えてくれていた。カクテルドレスに普段着、水着、ランジェリーもある。

何枚かあったスカートは全部返品した。モリーはスカートをはいて仕事をするのが嫌いだった。ヴァレンティーナからも、きちんとした服を着なさい、でも楽な格好でいいとアドバイスされた。〝服を気にしていたら仕事にならないわよ〟

そう言われてモリーは考えを変えた。女らしさは欲しかったので、体型を強調するくびれやタックが入ったスリーピースのパンツスーツや、ワイン色のジャケット、クレープ地のキュロットを選んだ。

今日は千鳥格子のカプリパンツと、体の線がわからない緑色のシルクのチュニックを身につけた。

ネロが朝食を持って現れると、モリーは彼にしてほしいことを伝え、それからジオと食事をした。彼はひげを剃《そ》り、スーツを着ていて、タブレットから片時も目を離さなかった。

「ヴァレンティーナが今日、電話会議をしたいそうです。オフィスに行く途中で病院を訪れると彼女には伝えました」

「ノンノは少し体調がよくなったそうだ。面会時間は短いだろうが、元気づけたい」ジオが家宝の指輪を差し出した。

モリーはネロが見ていないか確認してから指輪をつけた。「お加減がよくてよかったわ」

彼がタブレットに目を戻した。

モリーは自分の携帯電話を見たが、サーシャから
はなにもきていなかった。立ちあがって窓際へ行く。
「ここの景色を写真に撮って母に送ってもいいかし
ら？　これからしばらくイタリアで仕事をすると伝
えたいの」
「かまわない」ジオの返事はうわの空だった。
写真を撮った彼女は文章を添えて送った。
〈ここがしばらくの間、私がいるところ。今日じゅ
うに電話して説明するわね〉
母と妹をここに連れてきて、景色を見せてあげら
れたらいいのに。でも母は私が妊娠していると知っ
ているけれど、リビーは知らない。サーシャも私の
母が好きだったから、妊娠を打ち明けて助言をもら
ったり支えてもらったりするよう勧めてくれた。
切ないため息をつき、モリーはテーブルに戻った。
「なんてことだ」ジオがつぶやいた。
「どうしたの？」彼女は片方の足をヒップの下に入
れて座った。どこかで紛争や災難が起こったのだろ
うと予想していた。そのせいでおそらく株式市場が
予想外に急落したのだろう。
「ザモス夫妻を覚えているかい？　昨年、僕がラフ
ァエルとパートナー契約について話し合ったとき、
君もクルーザーにいただろう？　実は来週、契約を
まとめる予定だったんだ」
モリーもその予定は知っていた。でもなぜ過去形
なの？「夫妻なら覚えているけど、どうしてそん
なことをきくの？」
「二人がひどい交通事故にあった」
「なんですって？」
モリーは落とした携帯電話を拾おうとしているの
だ、とジオは思っていた。だが次の瞬間、彼女が気
を失いかけているのに気づいた。どうにか床に倒れ
こむ前にモリーを受けとめる。彼女の椅子が音をた

てて倒れ、ネロが走ってきた。

「シニョーレ?」

「ドアマンを呼べ。ここには医者が常駐しているから、来られるかどうかきいてくれ」モリーを受けとめようと床に打ちつけたせいで、ジオの膝はずきずきしていた。モリーは彼の腕の中でぐったりしていたが、少しするとまぶたが震え出した。

モリーをソファに寝かせたジオは、自分の鼓動が激しいのに気づいた。どうしてだ?

「医者が来ます。僕は応急処置ができます。ようすを見させてください」

ジオはネロに脈を取らせ、やってきた医師を出迎えた。居間に案内したとき、モリーはネロを押しのけて起きあがろうとしていた。「大丈夫、めまいがしただけ」顔にはまだ血の気がない。口を押さえているのは吐き気をこらえるためのようだ。

「ネロ、君は会社へ向かってくれ」ジオは言った。

「わかりました」ネロが心配そうな顔で出ていった。

医師が血圧を測る間、彼女はぼんやりしていた。

〝妊娠の可能性はありますか?〟と尋ねられても、答えるつもりはなさそうだった。「かかりつけ医に確認します」モリーはきっぱりと言い、なにも言わないでというようにジオを見た。

おなかの子の父親は妊娠を知らないに違いない。でなければ、これほど秘密にする必要があるだろうか? 父親は誰だ? そいつは彼女を虐待していたのか? 既婚者だったのか?

最後の可能性を考えると納得がいく。

「ご迷惑をおかけしてすみません」声はまだ震えていたが、モリーは医師をはっきりと拒んでいた。

「コーヒーとクロワッサンでもいかがですか?」

医師が困惑した表情をジオに向け、彼女に血中の鉄分量を調べるよう忠告した。彼が医師をアパートメントの外へ送り出して戻ると、モリーは歩きながらメールを打っていた。

「なにをしている？　座るんだ」彼は命じた。「どうして妊娠していると言わなかった？」

「医者に血圧の数値を知らせているの。深刻だと思えば言ってくれるんじゃないかしら」

「深刻に決まっている」ジオは言い張った。彼女はまだ顔色が悪い。「座ってくれ」

「妊娠の話はしたくない」モリーが携帯電話をテーブルに置き、椅子に座った。食べかけの朝食をちらりと見る。「お祖父さまは病院で待っているし、仕事の予定もつまっているから急ぎましょう」

「モリー、なにがあったんだ？　相手の男は結婚しているのか？」

彼女の唇が震え出し、目に涙が浮かんだ。その目に見つめられて、ジオの胸は締めつけられた。

「そいつが怖いのか？」固唾をのんで答えを待つ。もしそうなら、いい反応ができると思えなかった。

「えっ？　いいえ。その話はしないでほしいと言ったでしょう？」いきなり立ちあがろうとする。

彼はモリーの両肩をつかんだ。「急に動かないでくれ。また気絶したいのか？」

彼女はひどく緊張し、うつむいてジオを見るのを避けていた。しかし、手は彼の袖をつかんでいた。

「怖いんだな？」そのことを本能で悟ると、全身の毛が逆立った。

「怖いのは相手じゃなくて――」言葉を切ったモリーはなぜかはかなげに見えた。

「じゃあ、なんなんだ？」ジオはぶっきらぼうな声をやわらげて問いかけた。

モリーがはなをすすり、彼にしがみついた。

今朝、ジオは個人的な事情をモリーにかなり打ち明けたことが不安で目が覚めた。昨日、僕はノンノにモリーを紹介し、キスをした。そして婚約したふりをし、自分のアパートメントに一緒にいた。

ジオはモリーの震えをとめようとふたたび両肩をつかみ、自身の感情を無視して彼女の恐怖をやわらげようとした。その一方で激怒してもいた。気絶し震えるモリーを置き去りにし、一人で赤ん坊の心配をさせている男を許せなかった。「そいつが結婚していようと犯罪者だろうと、僕は気にしない。誓ってもいいよ。だが教えてくれないと君を助けられないんだ」

彼女が苦しげに息を吸ってジオから離れた。「今日は完璧な秘書でいようって誓ってたのに」

ジオは吠《ほ》えるように笑った。〝完璧〟など、何キロも遠くに感じられた。

「どうしたの？」モリーがたじろぎ、自分を抱きしめて肩をこわばらせた。「婚約が偽りなのはわかっているわ」指輪を見る。「でも……」眉をひそめ、視線を窓に向けた。

「でも、なんだ？」彼は胸の奥を揺さぶられつつ促した。彼女がなにも言わないので、なにを考えているのか知りたくて顎にそっと触れる。

モリーが身を離し、涙で赤くなった目をしばたたいた。

「ジオ、やめて」焦ったように目をぬぐう。「会社の独身女性はみんなあなたに夢中なのよ。それに既婚者の半分と、おそらくゲイの男性全員も」

「君は？」そんなことをきいた自分を、ジオはろくでなしだと思った。モリーが自分に惹《ひ》かれているのは知っていたが、彼女の口から聞きたかった。

「私も同じ」モリーがくぐもった声で答えた。涙ぐんだ目は悔しそうだ。「私たちはこれから五分おきにハグとキスをすることになる」彼女が手を広げて、どれほどみじめな気持ちなのかを表現した。「お祖父さまのことは助けたい。でも私も一人の人間だし、そんなに世慣れてはいないの。デートもあまりしないし、一夜限りの関係の経験もないのよ」

ジオは驚いた。モリーがなぜ一人で妊娠を切り抜けようとしているのかききたくてたまらなかった。

「だからあまりその気にさせないで」彼女の声から身ぶりに至るまでのすべてが、婚約者のふりがどれだけ耐えがたいかを物語っていた。

しかし彼はそんなモリーだからこそ魅力を感じ、協力してもらいたいと思っていた。僕たちは惹かれ合っているが、〝その気にさせないで〟と言われているのに誘惑するのはただの悪党だ。彼女は割りきったつき合いのできる女性ではないから、僕は自分の考えをはっきりと伝えなければならない。

「僕は部下に不適切な興味を抱いたりはしない」ジオは皮肉っぽく唇をゆがめた。「職場恋愛は面倒なスキャンダルになりがちだからね」

モリーが彼を見つめた。まつげが震え、不適切とか面倒とかと言われた屈辱で頬が赤くなる。

ジオは目をそらした。モリーも自分に惹かれているとわかって、妄想に火がついているのを知られたくなかった。彼女が欲しくて、浴室でも、ソファでも、デスクでも体を重ねたかった。モリーと求め合いたい場所とその方法を思い浮かべるにつれ、全身に熱の洪水が広がっていく。

緊迫した沈黙の中、彼女が喉を上下させた。

そのとき、テーブルから音がした。モリーの携帯電話に着信があったようだ。

彼女が急いで電話を手にし、落胆したように肩を落とした。期待していた相手ではなかったのか？

「医者が血液検査をしてほしいって」モリーがぎこちない声で言った。「お祖父さまの病院でしてもらえないかきいてみるわね。出かける前に化粧を直してもいいかしら？」

4

オットリーノの病院へ行く途中、モリーはこっそり携帯電話でニュースを見た。サーシャとラファエルが乗った車はイベントからの帰り道、追突事故にあったらしい。ラファエルは骨折して手術を受けており、サーシャはまだ意識がなく、運転手も重体だそうだ。それでもローマの病院に搬送されたあと、全員が回復に向かっているという。

彼女はその情報を信じた。行けるならローマへ行きたかった。ジェノヴァとローマは近いようで遠い。ジオの運転手が車をとめたので、携帯電話をしまい、平静を装った。けれど、本当は心ここにあらずだった。

気を失ったのも当然だ。サーシャの代理母になるのも人生を変える決断だった。ところがその立場に慣れる前に、新たな人生の荒波に襲われていた。

ヴァレンティーナはもはや直属の上司ではなくなり、今や彼女の仕事はモリーのものだったけれど、喜んではいられなかった。イタリアへ行ったらジオの祖父から孫と婚約していると思われ、おなかの子の両親は重傷を負っているなんて。

しかも、私はうっかりジオの腕に身を任せてしまった。それも二度も。すると、彼からは〝部下に不適切な興味を抱いたりはしない〟と言われた。予想していた言葉とはいえ、モリーはひどく落ちこみ、拒絶された気がした。

傷つくのは間違っていると思っても、心が沈むのはどうしようもなかった。一刻も早く、仕事からもジオからも離れたかった。

なぜあそこまで心をさらけ出し、気持ちを打ち明けてしまったの？　おとなしく従っていればよかったのに、この婚約が本当ではないことに苦しんでいるとジオに伝えずにいられなかった。

とはいえ、間違いなく本当のこともあった。ジオから助けたいと言われたときは、危うくなにもかも告白しそうになった。彼はとても心配そうだったけれど、あれは親切心からにすぎない。私に秘書も、婚約者のふりもさせたい人なのだから。

それでも数秒間はなにもかも告白して、人生のパートナーを装おうとする男性に寄りかかりたい誘惑に駆られた。

だが、ジオにもモリーにもできることはなにもなかった。ザモス夫妻の事故は不測の事態だった。代理母の契約書には赤ん坊が生まれる前に両親が亡くなった場合などの、さまざまな事態が想定されていた。そうなったら、モリーは自分で赤ん坊を育てようと思っていた。契約当時はありえないと思ったけれど、今は現実になるのが恐ろしかった。

いいえ、サーシャとラファエルはきっとよくなる。そうでなければならない。二人が回復するまで私にできるのは、おなかの子をきちんと育むことだ。

モリーは泣きたかった。サーシャのところに行きたかった。母親にそばにいてもらって、全部うまくいくと言ってほしかった。現実主義者の母親がそんな根拠のない約束などするわけがないのに。

考えごとに没頭していたせいで、オットリーノの病室に到着したことにも気づかなかった。そこは病室というよりホテルの一室のようで、趣味のいい装飾が施されていた。老人が治療中だと示すのは点滴と鼻の下の酸素チューブだけだった。

ジオが悪態をついて近づいていくと、ベッドにかがみこんでいた別のカップルが体を起こした。

「ここでなにをしている？」これほど喧嘩《けんか》腰で冷たいジオの声を聞いたのは初めてだった。モリーの肘をつかむ彼の手にも力がこもっていた。

「父親が死にそうなんだぞ。ほかのどこにいるというんだ」中年男性が答えた。

「あんたは死ねばいいと思っているんだろうが、そうはいかない」ジオの声がますます荒々しくなり、モリーは本能的に彼のシャツの袖をつかんだ。「あんたがここで得るものはなにもない。帰ってくれ」

彼らは本当にジオの両親なの? モリーがボスの両親について知っていることといえば、政治家が配偶者以外の人とベッドをともにしたとか、パーティで薬物を使用して逮捕されたとかいったスキャンダルに関与しているという程度だった。そういうとき、ヴァレンティーナは数日間ジオとどこかに出かけた。そして、ジオと〈カゼッラ・コーポレーション〉は二人となんのかかわりもないという発表がなされた。だが多くの場合、スキャンダルはすぐに注目を失って忘れられた。

モリーは実年齢よりかなり上に見えるジオの両親を観察した。二人とも高級そうな服を身につけているのに着こなしが雑だ。太ってはいないし、顔にも無駄な肉はついていない。しかし父親の目は落ちくぼみ、肌は土気色をしていた。アイスランド人の母親はおそらく生まれつきブロンドの髪なのだろうが、パーマやカラーのやりすぎなのかぱさついていて、青い瞳に生気はなかった。

母親が抱きしめてキスをしようとするのを、ジオは後ずさりして拒んだ。すると彼女は鼻を鳴らし、機嫌を取るような笑みをモリーに向けた。「はじめまして。私はフリドリカ。ジオの母親よ」手を差し出す。「こっちは夫のアンブロジオ。あなたは?」

「モリーだ」ジオがぶっきらぼうに答えた。手を差し出したモリーを制し、母親の前で彼女の両手を自分の唇に近づけた。「僕の婚約者なんだ」

フリドリカのぎらついた目が婚約指輪を見つめた。

「彼女に指輪を渡したの?」ベッドから見ている疲れた顔のオットリーノに視線をやる。

「嘘《うそ》だろう!」アンブロジオが近づいてモリーの手を取ろうとした。だがジオが間に立ちはだかり、父親の手を払いのけた。

「あんたがここに来るとわかっていたら、病院に言って追い返してもらったのに」ジオが厳しい顔で言った。「出ていけ。さもないと警備員を呼ぶぞ」

「ベッドにいるのは私の父親なんだぞ」アンブロジオが言い張った。身を震わせ、まるで自分を襲いに来た怪物だというようにモリーを見つめている。

「都合のいいことを」ジオが言い返した。

「私がおまえの父親で、都合がいいこともあっただろう? 私と闘わずに全部持っていけると思っているのか?」アンブロジオが腕を振りまわした。

「あんたはいくら欲しいんだ? 騒がずに帰るなら、金額が増えるかもしれないぞ。モリー、僕が二人を連れていく間、祖父《ノンノ》を頼む」

夫婦は不満そうな表情を浮かべたが、しぶしぶ歩き出し、一度だけちらりと後ろを振り返った。しかしジオが二人を病室から出し、ドアを閉めた。

モリーはまだショックから立ち直れなかった。オットリーノも動揺しているに違いない。「私は数日前まで、とても静かで退屈な人生を送っていたんです」老人の手を取って温める。「世界を自分の目で見るより本を読んで満足していたので、図書館員になろうかと思ったくらいなんです」

彼がかすかにほほえんだ。「もっと聞きたいな」

「眠れるようにですか?」彼女はからかった。「初めてした仕事はベビーシッターだったこと、次はビストロで働き、SNSを使って一躍有名店にしたことを話す。「みんなからマーケティングの才能があると言われて、学位を取ろうと思ったんです。そして統計学に出合った」

「眠くなってきたよ」オットリーノが目を閉じた。

モリーはくすくす笑い、〈カゼッラ・コーポレーション〉のニューヨーク支社に入ったときのことや、ロンドン本社に移ってヴァレンティーナの下で働くことになった小さな成功についても話した。「母や妹と離れるのはつらかったですけど」

「お父さんはいないのかい？」

「父は離婚後、カリフォルニアに引っ越したんです。ときどきは会いますけど、母と妹のほうが仲がよくて。二人はまだニュージャージーに住んでいます。都会のほうではなく、丘陵地帯の田舎町に。秋が美しいところで、妹と散歩するのが好きでした」

その散歩道をサーシャと発見したのを思い出すと、友人の悲惨な事故が胸に迫った。

「すみません」モリーは老人の手を放し、ティッシュを取った。「今日は幼なじみのことで気が動転していて。ついそのことを考えてしまうんです」

「そうなのかい？」老人が心配そうに言った。

サーシャの話をするべきでないのはわかっていた。けれど、苦悩がつのって吐き出さずにいられなかった。「彼女はいちばん親しい友人でした。彼女に出会ったとき、私はとてもうらやましくて、失礼なことをしてしまって」彼女はサーシャに言ったのだ。〝あなたの人生は完璧じゃないの。まったく！〟「はたから見ると彼女の人生はとても華やかだったんですけど、本人は大きな悩みをかかえていたんです」

モリーはまばたきで涙をこらえながら、二人で森を散歩したり、ボードゲームで遊んだりしたのを思い出した。「彼女のおかげで、私はシンプルな生活のよさに気づけました」

「聡明《そうめい》な女性のようだね」

「それにやさしい女性です。彼女は私に言葉では表せないものをくれました。私たちが親しかったのは短い間で、そのあと何年も会わない時期がありました。彼女はおそらく、私を忘れようとしていたんでしょうね」サーシャにとっては暗黒の時期だったから。「私はそのことを理解していました。サーシャの世界は私のとはまるで違っていたけど、再会したときはつい昨日別れたみたいな気分だったんです」

アレクサンドラ号でサーシャの部屋に足を踏み入れた瞬間にされた抱擁を思い出して、モリーはほほえんだ。しかしサーシャが泣き出し、リビーの話を聞くのを拒むと、雰囲気は陰鬱になった。モリーは傷ついたものの、友人の目には苦悶《くもん》が浮かんでいた。サーシャにとって昔の出来事はあまりにもつらいのだ。さらに今の彼女が妊娠したくてもできずにいると知ると、ますますなにも言えなくなった。

「私にできることはあるかな？」老人がきいた。

「いいえ、あなたにも私にもありません」サーシャの両親にも。彼らはリビーの存在も、私がサーシャの二人目の子供を身ごもっていることも知らない。

「でも、話を聞いてくれて助かりました。ありがとうございます。このことはジオには言わないでください。彼はもう心配事がたくさんあります――」

そのとき、ジオが頭から湯気が出そうなようすで戻ってきた。「調子はどうですか、ノンノ？」

「おまえよりはよさそうだ」声は弱々しかったが、目は孫の怒りぶりを鋭くとらえていた。表情をやわらげ、モリーに尋ねる。「あとで戻ってこられるかい？　そうすればもう少し話ができる」

「夕食を届けに来ましょうか？」

「いいね。ワインも頼むよ。ちょっとジオと二人にしてくれるかい？」

「もちろんです」彼女はオットリーノに話した内容がジオに伝わるのではないかと心配になったけれど、老人が安心させるようにほほえんだので、血液検査をしてもらえるか医師にききに行った。

「彼女を手放すな」アンブロジオをどうするつもりなのかジオから聞いたあと、祖父が言った。

「モリーをですか？」かっかしていたせいで、その言葉が気に食わなかった。「大事にするなら、この間別れた女性のほうでしょう」

「おまえは愛していない女性を選び、自分の姓を名乗らせて養おうとした。そんなまねがうまくいくわけがない。だから指輪を贈らなかったんだ。モリーは違う。やさしい心の持ち主である彼女なら信じても大丈夫だ。彼女と子供をつくれ。必要なことはなんでもするんだ。ただ大事にするのは忘れるなよ」

ノンノ、彼女はもう妊娠しているんだ。

ジオは眉間をつまんだ。「あなたがそう言うなら《セ・インシスティ》」眠りについた祖父にほかになにが言える？　祖父は息子から遺言の変更を要求されて疲れはてているのだ。「すぐに戻ります」

病院のスタッフにはなにかあったり面会を希望したりする者が現れた場合は連絡するよう指示をしたので、モリーを見つけると一緒に病院を出た。

「これを」彼女が車の中ではずした指輪を差し出し、話が聞こえないようイヤフォンをしている運転手をちらりと見た。

「つけたままでいい」

「ジオ――」

「両親は昼食までに僕たちの婚約を世界じゅうに触れまわるだろう。オフィスに戻ったら、正式な発表の準備をする。両親に対抗しなくては。あの二人はノンノの病気をチャンスと思っているが、君が家宝の指輪をはめている意味はわかっている。オットリーノの後継者は父じゃない、僕だとね」

「こんなの、契約外です」モリーが憤慨しながらも指輪を指に戻した。正面を向き、唇を引き結び、苦しそうな表情をしている。

〝彼女なら信じても大丈夫だ〟

だが、モリーは婚約から逃げ出そうとしている。それに、またしても破局を世間に騒がれるわけにはいかない。

〝彼女を手放すな〟

祖父にはそうすると約束したものの、ジオの心の一部は納得していなかった。結婚して跡継ぎをもうける必要があるのはわかっている。そうしなければもし僕になにかあった場合、両親が僕と祖父が築いてきたものを残らず破壊する可能性があるからだ。だが、どうすればいいんだ？　秘書と結婚して、彼女の子供を自分の子供だと主張するのか？　ばかな。昨日まで仕事の話しかしたことのない相手だぞ。

それでもあのキスは――。

やめろ。

「今朝は仕事が山積みだ」ジオが思ったより厳しい声で言うと、隣のモリーがびくりとした。「アテネでのパートナー契約について期限を再検討したい。ラファエルが回復するまでサインはしない」

二人がオフィスに足を踏み入れたとき、部屋にはいれたてのコーヒーの香りが漂い、ビスコッティの皿が置かれていた。ジオのデスクの電話が鳴り出し、ネロがタブレットを操作して電話の相手を伝えた。

「シニョール・ドナテッリからです」

「ヴィットリオ」ジオは受話器を取って話し出し、ほかの者を下がらせる手ぶりをした。「いや、君は残ってくれ、モリー」

「おはよう《ボンジョルノ》」ヴィットリオ・ドナテッリが言った。「お祖父《じい》さんが入院したそうだね、ジオ。残念だよ。早く回復することを願っている」

「僕もだ。時間がないので本題に入らせてくれ。両親に対して前回のような取り決めがしたい。二倍の金を払って、二人にはカゼッラの土地や会社に関するすべての権利を放棄してもらう。君に任せていいかな？　それとも僕の弁護士に依頼しようか？」

「今日じゅうに草稿を作るので、そちらの弁護士に見てもらってくれるかな？」

「完璧《ペルフェット》だよ。僕のぶしつけな態度を許してくれて感謝する。この二日間は大変だったんだ」

「わかっているとも。土曜日の私たちの結婚記念パーティで会えそうかい？」

「残念だが無理そうだ」ジオはモリーを見た。彼女はソファに座ってタブレットに集中していた。バーティが開かれるミラノまではヘリコプターで一時間もかからない。「だが、ノンノの容態が安定したら行こうかな。婚約者を連れていくよ」

モリーが顔を上げ、怒った目をした。

「婚約したとは知らなかったよ。おめでとう」

「今日じゅうに発表されると思う」

「いち早く知ることができて光栄だ」

ジオは電話を切って尋ねた。「発表の準備は進んでいるか？」

「私たちの婚約の？　ネロに任せたわ」

その口調はひどくおどけていた。「本当か？」

「まさか！　そんなことをしたら、ネロはコーヒーを噴き出したはずよ」モリーがタブレットを脇に置き、膝の上で手を組んだ。「ボスと一介の社員である私が電撃婚約なんて――」

「会社で相手を見つけるのは僕が初めてなのか？これは浮気じゃない。僕は君と結婚するんだ。ロマンティックじゃないか」彼はにっこりした。

彼女が言葉を続けられなくなり、タブレットに手を伸ばした。「結婚なんてしませんから」

「だが、発表の草稿は書いているだろう？」ジオは歩いていってモリーの隣に座った。彼女が身を硬くする。二人の間には欲望の火花が散っているかのようだった。

彼の頭の中にまた祖父の声が響いた。〝彼女を手放すな〟それなら今、モリーに近づいて触れるのはまずいだろう。

ジオは、モリーが作成している草稿に目をやった。人々が大騒ぎしないよう彼女は〝電撃婚約〟という言葉ですべてを説明し、婚約者はジオの直属の部下ではなく、〈カゼッラ・コーポレーション〉を近々退社すると続けていた。

気に入らない部分だ。

「写真はどうするの？」

「マスコミ用に撮る暇はないな」彼は花柄のスマホケースに入ったモリーの携帯電話を手に取り、カメラアプリを起動させた。「幸せそうな顔をして」

「ジオ」モリーが彼の顔が見えるまで携帯電話を下げさせた。「あなたは前に一度、教会まで行ったことがあるわよね？」

「そんな経験はない」

「いいえ、あるはずよ。あなたと結婚するつもりはないわ。あなたに二度目の恥をかかせる人間にはなりたくない」

では本当に結婚すればいい。その言葉が口から出かかったのは祖父のためを考えたせいだろう。

「いいかい」ジオは携帯電話を脇に置き、立ちあがって歩き出した。「僕には妻と次世代をもうける義務がある。結婚は会社の合併や買収と同じだと考えていた。相手の女性は美しく、血縁に有力者がいて、家族は金を必要としていた」僕は金で彼女を買おうとしたのだ。「婚約が結婚に至らなかったときは時間を無駄にしたといらだったが、屈辱は感じなかったよ。両親にその十倍ひどい仕打ちをされてきて、他人に振りまわされないことを学んだからね」

「だったら今日、顔を合わせたのは残念だったわね。話したいことがあるなら、私が――」

「ない」ジオはきっぱりと否定した。「あの二人の話はしたくない」

モリーが口をとがらせた。「あなたは婚約者を愛していなかったの？　結婚式が中止になっても傷つかなかったの？」

「そうだ」ジオはうんざりした笑い声をもらした。

「だったら、なぜそのあとほかの女性を見つけなかったの？」

「痛いところをつかれたな」彼はつぶやいた。

元婚約者からの拒絶は心の奥に傷を残した。だから誰とも深い関係にはならないと決め、新しい恋人を見つけなかったのだ。

それに、手を出せない女性以外に興味がなかったせいもある。モリーと会っていると安らぎを覚えた。だが廊下で彼女が笑う声を聞いたり、部屋を出ていくときにヒップを見たりすることはできても、拒絶されたくなくて追いかけることはできなかった。

「君との婚約が三週間で終わってもかまわない」それは嘘だった。「だが、この婚約には祖父を喜ばせる以上の意味がある。僕こそカゼッラ家の遺産の相続人だと、世間が理解するからだ。僕にとっては多くの問題を解決してくれる方法なんだよ」

「よかったわね。私にとっては数えきれない問題をかかえる方法だけど」

「それでも、君には従ってもらう」

モリーがほかの解決策をさがすように部屋を見まわした。携帯電話に目をとめ、眉をひそめる。

「十九日間だけなら」彼女が譲歩した。

ジオには質問したいことが山ほどあった。その筆頭が〝おなかの子の父親は誰だ？〟だった。しかし無言でモリーの隣に戻ると、彼女の携帯電話をもう一度手に取った。「僕の顔に手を添えてくれ。指輪が見えるように。いや、もっと近くに来ないと婚約者らしく見えない」モリーに腕をまわして、自分にぴったりと密着させる。「これでいい」

「そんなにたくさん撮らないで！　使わない写真を削除するのが大変なんだから」

「僕の頬にキスして」ジオは腕を上げ、電話をいろいろな角度に向けながら撮影ボタンを押しつづけた。「キスはもうしないわ」モリーの指は彼の顎に触れていて、一本は唇の上にあった。

心地よい感触に、ジオの欲望はつのった。視線を向けると、彼女の表情はいましめるようでありながらも切望に満ちていた。

〝私をその気にさせないで〟

「撮影用だ」ジオは低い声で言い、頭を下げてモリーの唇を奪いつつ撮影ボタンを押した。

彼女が目を閉じ、弱々しい口調でジオの名前を呼ぶ。彼は腕を下ろし、電話が二人の間に転がった。

ふたたび開いたモリーの目は切望以上のもので満たされていた。それは飢えだった。

本能に促されるまま、ジオは両腕をモリーにまわし、キスを続けた。一年以上前から望んでいたキスだった。ヴァレンティーナから紹介されたとき、モリーは緊張して頬をピンクに染めていた。

キスはアニスと紅茶の味がした。すすり泣くような声をもらしても、彼女は離れようとはせず、さらに身を寄せて膝をジオにぶつけた。

彼はモリーの片方の膝を持ちあげながらソファの背にもたれた。ボスの膝の上で両脚を広げる格好になった彼女が驚き、息をのんでまばたきをする。しかし形のいいヒップをつかんでまぎれもない興奮の証《あかし》に密着させると、モリーの目は欲望でかすみ、手は彼の髪をすいて、唇は奔放なキスを返してきた。

ジオはモリーに大切なのは自分だけだと思わせたかった。しかし赤ん坊の父親――名前も知らぬ男はまだ彼女の人生の一部だった。それほど重大な事実を隠す女性を信じられるのか？

いったい僕はなにをしている？

ジオは顔を引き、キスをやめた。

二人とも息が荒かった。モリーは唇に舌を這《は》わせ、呆然《ぼうぜん》とジオを見つめている。彼の顎を包んでいた手は腿に落ち、口元と目元には後悔がにじんでいた。

ジオは自分が落とした携帯電話をさがした。

「やめて！」モリーが電話をひったくり、彼の膝から下りた。「あなたってとんでもない人ね」

「婚約発表に使える写真にしたかったんだ」二度と彼女に触れないために、ジオはわざと二人の間の空気をだいなしにする言葉を口にした。

モリーが電話の画面に触れ、キスをする前に撮った写真を見ていく。

「これがいい」ジオは言った。自然で穏やかな雰囲気の一枚だ。婚約指輪も写っていて、二人は互いの目を見つめている。

そのとき、メールの着信音が鳴った。

〈大変なことがあったの。できるだけ早く電話して〉

冷たい水を浴びせられたように、モリーがあわてて立ちあがった。

「そんなに急いではだめだ」ジオは言った。彼女が今朝、倒れたことがまだ忘れられなかった。

「母に電話しないと」

「お母さんは助産師なんだろう？　君が気絶したことも伝えてくれ。またなにかあったときのために、お母さんの電話番号を教えておいてほしい」

モリーがいらだちに満ちたため息をついた。「あなたが気に入った写真と作成した文章は、ネロに送っておく」携帯電話を操作して、またため息をつく。

「これであなたと私は正式に婚約したわ。満足した？　でも、私の私生活には口を挟まないでちょうだい」

そして、ヴァレンティーナのオフィスだった部屋に入ってドアを閉めた。

5

母はモリーと同じくらいサーシャの事故に動揺していた。パトリシア・ブルックスは助産師として忙しく働くかたわら十代専門のクリニックでボランティアをしており、そこで問題をかかえた十六歳の妊婦に出会った。サーシャは妊娠したことや赤ん坊を産んで養子に出したいことを、両親にも相手である年上の既婚男性にも言っていなかった。

パトリシアには未成年淫行を報告する義務があったものの、そうしたらサーシャは出ていくと言い張った。パトリシアは少女が同じ年頃の娘にしか見えず、家へ連れて帰った。そして妊婦の世話をし、弁護士や養子縁組専門のカウンセラーの協力を求め、赤ん坊を自ら取りあげた。それがリビーだった。

出産後二週間、サーシャは娘と過ごした。日に日に絆《きずな》を築いているようだったけれど、彼女はリビーを置いて出ていくと決めていた。

そのころには他人に引き取ってもらうことが想像できなくなり、パトリシアがリビーを養子にした。サーシャにはいつでも娘に会いに来ていいと言ったものの、彼女は自分がリビーの母親だとは決して明かさないでほしいと強く口どめしただけだった。

仲がよかったサーシャのためにモリーが代理母になると決心したことを、パトリシアは理解してできる限り支えていた。そして今は事故にあったサーシャを心配していた。「あなたはどうなるの?」

「わからないわ」モリーは答えた。「報道ではサーシャの両親が一緒にいるらしいから、確かめに行くことができないの。脳震盪《のうしんとう》を起こしているみたいだけど、彼女もラファエルも完治するそうよ。そのうちサーシャが連絡をくれると思うわ。それまではイタリアにいるつもり。昇進したから」

「イタリアにいるほうがサーシャには近いわね」

「ええ。それと、もう一つ言わなくちゃいけないことがあるの。私、婚約したわ」

「誰と？」

十分後、モリーはトラックに轢《ひ》かれたような顔でジオのオフィスに戻った。「妹さんは大丈夫だったかい？」彼が心配そうな顔で尋ねた。

「ええ。でも、話は友達のことだったの。母には婚約したと言ったわ。本当じゃないけどって」

ジオの顔に驚きが広がった。

「あなたのためなら世界じゅうに嘘《うそ》をついてもかまわないわ。妹にも。でも母は無理」

「今朝、気を失ったことは？」

「それも話した。その間に担当の産科医から、ジェノヴァの病院で血液検査が行えるようにしたとメールがきたわ。母にも結果は報告するつもり」

「わかった」ジオがドアを顎で示した。

「ああ、ヴァレンティーナとの電話会議ね。わかってる。ネロに頼んで、病院に行って検査キットを受け取ってきてもらうことにするわ」

「いや、君はネロを連れて病院に行ってくれ。そうすれば、もしまた気を失っても安心だ。ヴァレンティーナとの電話会議のほうは僕一人でいい」

モリーはバッグを持ち、急いで出かけた。車の中で妹に婚約の記念写真を送り、病院からの帰りにビストロでネロと食事をしていたとき、興奮しきったリビーから電話がかかってきた。指輪を見せて、婚約者に会わせてほしいという。

「彼は今、いないの。あとで連絡するわ」妹はジオに気まずい質問をするに違いない。「私は会社に戻るから、あなたは学校の勉強に専念して。愛してるわ」モリーは画面の中のリビーにキスを送った。

妹の反応も大げさだと思ったけれど、会社の受付ロビーに入ったとき、社員から拍手で迎えられたのに比べれば大したことはなかった。

「まあ！」モリーは口に手をあてた。「会社じゅうが知ってるのかしら？」真っ赤な顔で苦笑いする。

エレベーターの中でネロが答えた。「はい、知っています。あなたが電話中にミスター・カゼッラから発表するよう言われたので……婚約は大切な人生の節目ですから」

「嘘でしょう！」エレベーターのドアが開き、風船やリボンとともにおおぜいの社員の姿が見えて、モリーは叫んだ。拍手の中、誰かがアコーディオンでロマンティックな曲を演奏しはじめる。「私をからかってるの？」すると、みんながどっと笑った。

「上出来だったぞ、ネロ」ジオがモリーを手招きし、アイボリーのバターケーキが置かれたテーブルに案内した。ケーキは二つのハートが重なり合った形をしていて、上に〝おめでとう《コングラトウラツィオーニ》、ジオ＆モリー〟と書かれている。白い薔薇《ばら》とラベンダーのアイシングの間には淡いピンクの桜の花のアイシングが添えられていた。

「本当にすてきなサプライズだわ、ジオ」モリーはしみじみと言った。「あとであなたを平手打ちするのが残念」

人々がまたどっとわき、二人にキスを求めた。

ジオに引きよせられ、モリーは緊張した両手を彼の肩に置いて目を合わせた。彼はこの婚約を完璧なものに――本物に見せるつもりでいた。

三週間で終わるのに。あと十九日間で。

そう思いながらも、モリーは終わらなければいいのにと願った。腕をジオの首にまわし、顔を上に向ける。彼のキスは控えめだったが、モリーは唇を押しつけてもっととせがんだ。

離れたとき、胸は喪失感で苦しかった。

まわりはどよめいていて、モリーは頬を赤らめた。今は婚約者らしくふるまう必要があった。ケーキを切り分け、みんなで食べるようすはずっとカメラで撮影されていた。

誰もが心から喜んでいて、モリーは罪悪感で気分が悪くなってきた。ようやくジオのオフィスに戻ると、ソファに倒れこんだ。「あんなことをするなんて信じられないわ」

「ヴァレンティーナも同じ意見だった。君と話がしたいそうだよ。彼女にも、婚約はノンノと父に対する芝居だと伝えてある」

「ありがとう」ヴァレンティーナには迷惑をかけてしまった。彼女は今回の一件をどう思っているの？

それから退社時間まで、モリーは普段どおり忙しかった。しかし、ネロやほかの秘書補佐たちが手伝ってくれたおかげでなんとかなった。

二人は帰りに病院に寄り、オットリーノと早めの夕食をとった。老人はベッドで体を起こし、モリーが持ってきたケーキを少し食べた。主治医から二日後には退院していいと言われてうれしそうだった。

モリーも喜び、ジオも安堵《あんど》していた。しかし、彼女の胸から偽りの婚約への罪悪感が消えることはなかった。

「みんなに嘘をついているのがいやだわ。特にオットリーノに」その夜ジオのアパートメントに戻ったとき、モリーは彼に言った。

ジオがネクタイをゆるめ、自分には酒を、彼女にはライム入りの炭酸水を注《つ》いだ。「祖父は婚約が嘘でないことを望んでいる」グラスを渡しながら口を開いた。

「ええ、気づいていたわ」パンプスを脱いで脚をヒップの下に入れ、モリーはソファの端で飲み物を受け取った。「彼のことはどんどん好きになっているの。だからって結婚するつもりはないけど」

「君はロマンティストなのか?」ジオがモリーの向かい側の椅子に座った。「僕は現実主義者だと思っていたよ。だが君は人にいいようにされている」

「たとえば、あなたにとか?」彼女はいたずらっぽい笑みを浮かべた。

彼が無言で飲み物に口をつけた。

モリーはソファの端で体をまるめた。「私はできる限り人を助けたいの。愛のために結婚するのは、実は現実的な選択だわ」なぜ私は心を丸裸にされた気分なの? されてもいない結婚の申しこみを断っているみたいな言い方をしたせいかしら?

「どういう意味だ?」ジオは興味をそそられたらしい。

「両親が結婚したのは私を妊娠してしまったからなの。母が助産師になったのは、十代のころに自分の体についてよく知らず、妊娠中つらくても無視されて傷ついたのがきっかけだった。二人とも私を愛していたのに結婚生活には閉塞感を覚えていて離婚したのよ。つらかったわ、私を妊娠しなければ両親は結婚しなかったんじゃないかと思って」

「六歳でそこまでわかっていたのか?」

「いいえ。六歳のときは、父が引っ越したことしかわからなかった。父は遠くで新しい家庭を築いたわ。年に何回か遊びに行ったけど、自分の居場所とは思えなかった。結局、両親は愛し合っていなかったの。二人は予定外の妊娠に最善を尽くしたけど、本当は早く別れたほうがよかったのよ。子供に親の離婚を経験させたくないからといって、夫婦をつなぎとめる重圧は負わせたくないわ」

テーブルのランプは二つしかついていなかったのでジオの目の表情は読めなかったが、視線がこちらにそそがれているのはわかった。モリーは口をつぐみ、おなかの子やその父親についての話はしないでと無言でジオに警告した。

長い沈黙のあと、ジオがきいた。「三週間後、君はどうするんだ？　実家に帰るのか？」

「いいえ」モリーはサーシャと立てた、人目につかずに妊娠期間をやり過ごす計画を思い返した。私はザモス夫妻が所有する島の別荘へ行くの？　なぜラファエルやサーシャは連絡をくれないのかしら？

不安が顔に表れていたに違いない。

「ここにいるといいよ。産休に入るまで仕事を続ければいい」

「お祖父《じい》さまも含めたみんなに、この子はあなたの子だと思わせるの？　それはやりすぎだわ。この婚約だって誰が信じるか。私はあなたの世界にふさわしくない田舎娘だもの。愛人にすらなれないわ」

「どうしてそんなことを言うんだ？」

「なれるの？」彼は冗談を言っているのかしら？　グラスを傾けるジオの表情は謎めいていて、視線はさぐるようだった。「なりたいのかい？」

自分をその気にさせないでとジオに言ったとき、愛人になりたいと伝えたも同然でしょう？「関係ないわ。妊娠しているんだから無理だもの」

「おなかの子によくないからか？」彼が首をかしげた。「妊婦もセックスはできると思っていたが」

モリーはその言葉に唖然《あぜん》とし、なんとか答えた。

「そうだけど、どうして知ってるの？」

「ここはイタリアだぞ。男は妻が身ごもっている間もベッドをともにしたがるのが普通なんだ」

「あきれた」でも、ジオはおなかが大きくなった私をセクシーだと思ってくれるかしら？

やめなさい。モリーはそんな想像をした自分をいましめた。この偽りの婚約に可能性があるなんて考えてはだめよ。

「血液検査の結果はどうだったんだ？」ジオがきいた。厳密に言えば禁じられた話題だったが、彼の質問が心配から出たのはわかった。

「担当医からは、結果を確認したら電話すると言われているわ」

「そうか。ベッドをともにするかどうかは、医者に相談してからにしよう」

「私たち、ベッドをともにするの？」モリーの声が一オクターブ上がり、体温も上がった。「私に発言権はあるのかしら」皮肉っぽく言うのはむずかしかった。

「話を持ち出したのは君だぞ。良識のある人間として、僕はまず担当医に確認すべきだと言ったまでだよ。僕は性病検査も受けるつもりだ。用心するに越したことはないからね」

「信じられない」モリーはうっかり口をすべらせた。私は頭がどうかしているのかしら？　親友の赤ん坊を代理妊娠中に、ボスとベッドへ行くなんて絶対にできない！　しかも親友の夫はボスの取り引き相手なのだ。

「お風呂に入ってくるわ」モリーはもはやジオについていけなかった。

「髪を洗ってほしいなら言ってくれ」彼がモリーの背中にからかうように声をかけた。その光景を想像して、彼女の肌は期待にざわめいた。

ジオの手で裸にしてもらい、なにもかも任せたい。恥ずかしいけれど、それが本心だった。

その週の残りは仕事と補佐になってくれた三人の教育、オットリーノをポルトフィーノの屋敷のベッドに落ち着かせることに追われた。モリーもジオと一緒に屋敷へ戻った。彼女がほんの少しの荷物しか運びこまなくても、ジオは気にしなかった。

「イラリオが僕の部屋の隣に必要なものをすべて用意してくれたからね」

実際その部屋のクローゼットにはジェノヴァへ来たときと同じブティックで購入した服が、さらにひとそろえ並んでいた。しかもイブニングドレスや、ブランド物の靴が追加されていた。

モリーにはジオのお金の使い方よりも大きな心配事があった。サーシャが意識を取り戻したという記事は読んだものの、それ以上のことはわからなかった。ラファエルのほうは手術を終え、回復に向かっているようだ。二人にメールしても返信はなかった。

モリーの担当医のカーラ・ナルラは、血液検査に深刻な問題は見つからなかったと連絡してきた。気を失ったのはショックが原因だったらしい。

カーラはサーシャの不妊治療も担当しており、二人の事故のニュースを読んでやはり心配していた。ローマの病院に連絡を取っても、メディアに発表された以上の情報は教えてくれなかったという。それでもサーシャとラファエルのためにモリーが無事出産できるようにすると約束し、今は睡眠をじゅうぶんとって食べすぎに注意してほしいと助言した。

「あの……」モリーはおずおずと尋ねた。「セックスをするのは問題がありますか？」

「肉体的には問題ありませんが、行きずりの人とそういうことをするのはお勧めできませんね」

「とんでもない！」モリーは乾いた笑い声をあげた。「行きずりではなくて、相手のことはよく知っているんです」医師がセックスを禁止してくれたほうが都合がよかったのに、これでどうするかは彼女の決断しだいになった。

「モリー、どうすればいいかは言えませんが、あなたは今つらい時期にあります。なぐさめとして誰かと関係を持ちたいと思う心情は理解できますが、欲望に我を忘れている可能性もあることは頭に置いておいてください」

「ありがとうございます」彼女は感謝したものの、ジオに求めているのはなぐさめではなかった。

求めていたのはキスの先にあるものだ。

でも、そんなことをしていいとは思わなかった。代理母という問題がなくても、二人は住む世界が全然違っている。モリーは自身の昇進を分不相応だとは思っていなかったけれど、婚約を知った会社のみんなの噂《うわさ》の的になっているのはわかっていた。一介の社員がなぜ出世して社長兼最高経営責任者《CEO》の目にとまったのか、全員が不思議がっていた。

ジオとの将来が見えないなら、チャンスがある今のうちにベッドをともにしてもいいのでは？

「そろそろ出かけようか」ジオがコーヒーを飲みほして言った。

「えっ？　今日はオフィスに行くんじゃなかった？」土曜日なので、モリーはヨガ用のショートパンツとゆったりしたTシャツを身につけ、ジオと朝食をとる前にストレッチをしていた。

「今夜、ミラノでパーティがある。君には着ていくドレスが必要だ」

「ドレスならあるわ」シャワーを浴びたら試着してみよう。

「あれはデザイナーが用意したサンプル品だったんだ。今夜のパーティは君が僕の婚約者として出席する初めてのイベントで、とても注目度が高い。ドレスは自分で選んだもののほうがいい」

私が選ぶの？　彼が選んだほうがいいのでは？自分を〝田舎娘〟と言ったのは、まさにこういうことがあるからだ。注目されるイベントに着ていくイブニングドレスの選び方なんて知らない。それに、ジオのそばにいても問題のない女性に仕立ててあげられるのもいやだ。

「祖父のようすを見に行って、ひと晩留守にすると伝えてくる」ジオが立ちあがった。

「ひと晩留守にするの？」モリーはきき返した。

「祖父がなにも言わなければ、ミラノに一泊しよう。三十分で支度できるか？」

荷造りはメイドがしてくれていたので、モリーの支度は十分で終わった。シャワーを手早く浴び、妊婦用のビタミン剤をバッグに忍ばせてから、出かける前にオットリーノの部屋へ行った。

「今夜は何色のドレスを着るんだい？」老人がきいた。

「まだ決めていません。どうやらミラノに着いてから選ぶことになりそうです」

「じゃあ、蛇をあしらった白いドレスがいい」オットリーノがジオに言って金庫を指さした。

「オットリーノ」モリーは抗議した。

「私のことはノンノでいい。ああ、それだ」孫が持ってきたベルベットの箱を見て、老人がうなずいた。

それは蛇が尾を噛《か》んだデザインのダイヤモンドのネックレスだった。おそろいのピアスは蛇が耳たぶを貫くような形をしていた。

「結婚五周年に作らせたものだ。妻のテレーザはとても気に入ってくれた。彼女は盛大なパーティが好きではなかったが、パーティではいつも賛辞と話題の中心だったよ」

モリーは老人の気づかいに胸を打たれた。

「ノンノ、これをつけられるのは光栄です。このジュエリーについて人にきかれたら、なんて話したらいいですか？」

オットリーノはデザイナーのこと、なぜそれを選んだのか、どこで妻にプレゼントし、妻がどういう反応をしたかを話してくれた。話しおえるころ、彼の目はうるんでいた。「楽しんできなさい」

「どうしよう」ヘリコプターに乗ったとき、モリーは言った。ジオの裕福さには慣れているはずだったが、機内は円テーブルのまわりにドリンクホルダーつきの肘掛け椅子が四脚ある贅沢《ぜいたく》なしつらえだった。内装はブルーグレーとシルバーで統一され、大きな窓からは外の景色がよく見えた。

「どうした？」ジオが尋ねた。

モリーは指につけた家宝の婚約指輪をいじらないよう気をつけていた。なくしてしまうのが心配で、ちらちら見るのもやめられなかった。「ジオ、オットリーノに本当のことを言って。彼が好きだから、嘘をつきたくない」

「ノンノがよくなったら考えるが、今はだめだ」ジオが反論した。「ところで、僕も病院で検査をしてきた。ベッドをともにしてもなんの問題もないそうだ」

「えっ？」彼女は肘掛け椅子に背をあずけ、ジオを見つめた。

「君には知っておいてほしかった」彼がまつげの間からモリーを見つめ返した。「君の担当医はなんと言っていたんだ？」

「血液検査は問題なかったと言ったでしょう」モリーは窓の外へ目をやった。あれは城？

「君はきかなかったのか、セックスを――」

「ああ、もう、ジオ！」モリーは顔を真っ赤にした。罪悪感と切望と興奮で体は熱かった。

「きいたんだな」ジオの口角が上がった。「反応を見る限り、あとは君のやる気しだいのようだ」

なんてこと。「笑えないわよ」

「冗談じゃないからね」

モリーは残りの時間、ジオを無視した。いや、無視しようとしたけれど、できなかった。ありがたいことに移動時間はそれほど長くなく、ミラノにはすぐに着いた。

車が渋滞を抜けたあと、到着したホテルのスイートルームには居間とテラス、寝室が二つあった。寝室の一方にはすでに何人もの人が忙しく出入りしていた。

「モリー、彼女はウルスラだ」モリーが寝室をのぞいたとき、ジオが背後から声をかけた。「今回は彼女とそのチームが君の支度をする」

まぶたに金色のアイシャドウをのせた美女が満面に笑みを浮かべ、ラックにかけられたドレスを見るのをやめて握手を求めてきた。「お会いできて光栄です」

「こちらこそよろしくお願いします」モリーは、授賞式の中継でしか見たことのないようなドレスの数々に目をみはった。

「僕はヴィットリオと会って、両親への対策を講じなくてはならない」ジオがモリーの肩をつかんだ。「君が着たいドレスを選んだら、スパでくつろいでいる間にウルスラが手直しをしてくれる。マッサージを受けて、食事をして、できれば昼寝をしてほしい。ここに戻ってきたら、ウルスラが髪を整えてメイクをしてくれるはずだ」

「なにを着たらいいか、あなたは教えてくれないの？」彼女はジオに向き直った。

「なにを選んでも、君は美しいと思うよ」ジオがモリーの唇に軽くキスをした。それはとても自然で、婚約中のカップルが別々の行動をとる前にするようなキスだった。彼女は身を寄せてジオの腰に手を置き、無意識のうちに彼を行かせまいとした。

ジオが鋭く息を吸い、さらに数回、より深いキスを繰り返す。

身を引いたとき、彼の青い瞳は熱い炎が燃えているようだった。それからベッドでの時間を約束するみたいに、唇がモリーの喉を這《は》った。

「またあとで」ジオの声は低く荒々しく、彼女は肌がざわめくのを感じた。

彼が立ち去ってからモリーが寝室へ入ると、そこにいたウルスラたち全員が目をまるくして〝あらあら〟という顔をしていた。

6

カゼッラ家の最初の財産は海運業と貨物保険によって築かれた。その後、先祖の一人が製鉄所の所有者の娘と結婚し、夫婦は十二隻の船を持ち、ほぼ同じ数の子供をもうけた。子供の一人は鉄道に並々ならぬ興味を持っていた。

そのうち、カゼッラ家はエンジンや鉄道車両の製造まで手がけるようになった。オットリーノの叔父はカゼッラ証券会社を作った。もう一人の叔父は会社の輸出入部門で活躍した。

オットリーノが社長兼最高経営責任者《CEO》となるころには〈カゼッラ・コーポレーション〉は飛行機の部品を製造し、広大な農地を所有して自社ブランドのオリーブオイルやパスタ、ジェノヴァソースを販売していた。

オットリーノは自動車会社の相続人だったテレーザと結婚し、心から妻を愛した。息子を一人もうけたあと、テレーザはそのアンブロジオが十四歳のときに心臓病でこの世を去った。

それ以来オットリーノがふさぎこみがちになると、アンブロジオは問題の多い若者に成長し、薬物の使用で寄宿学校を二度も退学になった。

大人になってからジオは、父親は悲しみを癒したかったのだと同情した。もしアンブロジオの問題がその程度で、父親が助けを求めていたなら親子の仲はよかったかもしれない。

しかしアンブロジオがリハビリ施設に入ると言うのは、オットリーノの機嫌を取りたいときに限られた。父親はまっとうになりたいとは思っておらず、パーティや旅行や金を使うのが好きな、選民意識と自己愛の強い寄生虫だった。

アンブロジオが結婚したフリドリカも同じくらい薄っぺらな浪費家だった。二人が息子をもうけたのはオットリーノを社長兼CEOの座から追い落とすのが目的だった。寄宿学校へやられる前、ジオはたった二回しか祖父に会ったことがなかった。オットリーノは孫の学費を負担し、後見人となることで息子を遠ざけた。

ところがアンブロジオは何度もジオの親権を取り戻すと脅しては、父親からさらに金を搾り取った。フリドリカはもっとひどかった。彼女は人の心を操り、自分のために利用した。ジオも息子に会いたい、という母親の言葉に何度もだまされてきた。

祖父がいなければジオは両親ととっくに縁を切っていたが、オットリーノはまだアンブロジオの中に愛するテレーザの面影を見ていた。それに、ジオがテレーザの良識を受け継いでいると信じていた。

今回、両親に金を払うのは祖父にもしものことがあれば、父親はなにがなんでも会社を乗っ取ろうとすると思ったからだ。優秀な従兄弟《いとこ》が何人か重役をしていても、ジオほど冷徹にアンブロジオに対抗できる者はいなかった。

ジオも後継者をつくる必要性は理解していたが、愚かにも緊急事態ではないと考えていた。しかし祖父が病気になったことで、たとえ回復したとしても永遠には生きられないのを思い知らされていた。

ジオは倫理観とともに強力な指導力も身につけなければならなかった。母親となって子供たちが担う役割を理解してくれる妻が必要だった。

モリーと生まれてくる子供を守りたいと思うのは、婚約したふりをしているせいだろう。祖父が回復に向かっている以上、いつかは真実を話さなくてはならない。だが、モリーを心から気に入っている祖父を失望させたくなかった。

モリーとの結婚を考えるのは突飛だろうか？　彼女は、二人の婚約を人々が受けとめたことを不思議に思っていた。たしかに僕たちはまったく異なる世界の住人だが、共通の知り合いがいて同じ慈善イベントに参加していたからといって、幸せな結婚が保証されるわけではない。僕は最初の婚約でそのことを学んだ。

モリーとは前の婚約者よりもはるかに良好な関係が築けている。妊娠している点もそれほど大きな問題ではない。すべての親が親になりたがるとは限らないからだ。祖父のように、赤ん坊の父親以外の男が育てる場合もある。

もちろん、ジオとオットリーノには血のつながりがあった。しかし陰気で不信感をつのらせたジオが、他人同然の皮肉屋でよそよそしい祖父に引き取られたとき、その血のつながりはこじれきっていた。

二人の関係が現在のようになるには長い時間がかかった。赤ん坊には生まれたときから深い愛情が与えられなければならないのだ。

考えれば考えるほど、モリーと自分には結婚しかない気がした。そうすれば彼女はシングルマザーにならずにすみ、すばらしい生活をさせてくれる夫ができる。どんな父親になるか心配した時期もあったが、僕には祖父という手本がある。

モリーと結婚すれば、人生の伴侶が得られる。フリドリカの内面の醜さを見抜いた祖父も、モリーのことはお気に入りだ。

それに欲望も満たせるだろう。頭の中には以前モリーから言われた言葉がこびりついていた。〝私はあなたの世界にふさわしくない田舎娘だもの。愛人にすらなれないわ〟

とんでもない。とはいえ、僕はまだ彼女の雇い主だ。そのことは肝に銘じておかなくては。

父親に相続権を放棄させるという不愉快な仕事を

片づけている間も、ジオは先日のキスと、担当医がなんと言ったかと尋ねたときのモリーの愛らしい赤面ぶりを思い出していた。

望んでいない相手にセックスは迫れないが、彼女は望んでいる。キスをしたとき、モリーは続けてほしいと僕を促した。明らかに、僕が彼女を求めているのと同じくらい僕を求めていた。

理髪店でひげを剃《そ》ってもらい、タキシードに着替えるころには、モリーに会いたくてたまらなくなっていた。ようやく彼女が現れたときは、待った甲斐《かい》があったと思った。その姿にジオは息をのんだ。

淡いメタリックグリーンのノースリーブのドレスの身頃は胸当てを思わせた。スカート部分の生地は透けるように薄く、左側には腿までスリットが入っていて、踵《かかと》が十五センチはありそうなサンダルは三本の銀のバンドが美しい。彼の視線はモリーの脚やヒップ、蛇のネックレスの下の胸のふくらみに釘《くぎ》づけだった。

まるで妖精を従える森の女神だ。

モリーは豊かなブルネットの髪を下ろし、ジオの言葉を待っていたが、彼女の魅力を疑う者がいるとは思えなかった。グリーンとゴールドのアイシャドウで強調された目と真紅の口紅を見た彼は、モリーが自分の裸体に口づけするところを想像した。

「あなた、とてもすてきよ」彼女が下を向き、指にはめた婚約指輪を直しながらつぶやいた。

「僕もまずそう言いたかったんだが、言葉にできなかったよ」

モリーが長いまつげを持ちあげた。「私をばかにしてるの？」

「なんだって？」ジオはハンマーで殴られたような気分になった。

「自分が詐欺師に思えるのよ、ジオ」彼女が寝室を見まわした。「私はここにいていい人間じゃない。

あなたとは住む世界が違うわ」

「かわいい人《カーラ》、君は僕の婚約者だから、ここにいる資格がある」

彼女が口を開け、震える息を大きく吸った。「でも、本当の婚約者じゃないわ」

「そうなればいい」欲望の炎が熱く燃えあがった。

肉体的な意味でも、ほかの意味でも、ジオはモリーを自分のものにしたかった。その思いは強烈な衝動に変わりつつあったが、あとで考えることにして脇へ押しやった。モリーの手を口に持っていき、マニキュアをぬった爪にキスをする。

「行こうか？」

モリーは羽織り物を身につける必要がなかった。パーティ会場は同じホテルの階下の舞踏室だった。

エレベーターに乗りこむと、彼女はエメラルドグリーンの小さなクラッチバッグを握りしめた。


ジオの視線はずっとモリーにそそがれていた。寝室を出た瞬間から、彼女はジオを失望させるのではと思って緊張しどおしだった。皮肉なことに称賛のまなざしは熱く、受けとめるのはむずかしかった。それでも体は熱をおび、不安と残っていたためらいは消えうせていた。

ジオに称賛されて反応せずにいられるわけがない。淡い片思いは今や本格的な恋心へと成長していた。二人の間に未来はないとモリーがいくら自分を納得させようとしても、ジオは彼女を見つめたり、触れたり、キスをしたりするのをやめなかった。

〝君は僕の婚約者だから……〟

「パーティが気に入らないなら帰ればいい」

モリーはスパで一時間眠り、湯につかってマッサージを受け、マニキュアとペディキュアをぬってもらい、軽食をとったあとは柑橘《かんきつ》風味のミネラルウォーターで水分補給をした。

ジオはホテルの上の階で休もうとこそ言わなかったが、目には欲望がきらめいていて、彼女はどぎまぎした。

エレベーターのドアが開くとモリーはひどく狼狽《ろうばい》したものの、幸い、ジオが彼女の手を取って真珠色の風船と電飾、タキシードと色とりどりのドレスをまとった人々がひしめき合う空間へ案内してくれた。

彼の言うとおりだった。モリーのドレスはまわりのオートクチュールにもひけを取らなかった。パーティ会場は絢爛《けんらん》豪華なランウェイのようだった。

そこではひと組の美しいカップルがやってきたすべての人々に挨拶をしていた。「ジオ！ 来たね」長身で肌が浅黒い、見ばえのする男性が言った。

「モリー、こちらは今夜のパーティの主催者、ヴィットリオとグウィン・ドナテッリ夫妻だ」

「まあ、すてきなネックレス」アメリカ人らしいグウィンはブロンドの髪を持つ、とても魅力的な女性だった。

「お招きありがとうございます」モリーはグウィンやヴィットリオに頬を寄せ、キスのまねごとをする技術を学びながら挨拶した。

「私のことはヴィトと呼んでくれ」ヴィットリオが言った。

「ジオ」グウィンが挨拶した。「私の慈善団体に寛大な寄付をしてくれてありがとう」

今夜のパーティの目的はリベンジポルノの被害者を支援するための資金を集めることだった。どうやらグウィンは、彼女のヌード写真が無断で流出したあとに夫と知り合ったようだった。

「あなたもアメリカ人ね」グウィンがモリーに言った。「私もまだ文化的な違いにつまずくことがあるから、困ったことがあったり助けが必要になったりしたときは電話して。ジオが私の電話番号を知っているから」

「ご親切に感謝します」サーシャにクルーザーで再会した日を思い出すと、こんなに温かく迎えられるとは思ってもいなかった。

「私たち、連絡を取り合いましょうよ」グウィンが続けた。「あなたをもっと知りたいわ」

「ぜひ」ジオと本当に結婚するわけではないのに、モリーは言った。あと十二日たてば姿を消し、ここにいる人たちとは二度と会えない。

冷たい風が彼女の胸の空洞を吹き抜けた。ジオにも。

「ほかの人にも挨拶してくるよ」ジオがモリーの背中に手をあてた。

「わかった。パオロも来ているんだ。彼とローレンが君に会いたがっていた」ヴィットリオがモリーにウインクをした。

「あなたたちの席は、私の兄とその妻のイモジェンの隣よ」グウィンがつけ加えた。「彼女もアメリカ人で、とても楽しい人なの。好きになると思うわ」

モリーは快適で楽しい時間を過ごせるよう、夫妻が配慮してくれたことに感動した。グウィンの言うとおり、イモジェンはとても話し上手で、夫のトラヴィスとニューヨークで暮らしていた。二人の子供である六歳のジュリアンは早熟で、三歳のリリスは夢見がちで空想が好きらしい。

「パオロが私たちの子供を、彼の四人の子供とグウィンの二人の子供とともに残していくよう言ったの。ジュリアンは絶対に迷惑をかけるのに。貴重な美術品でいっぱいの先祖代々の邸宅に、子供が八人よ。パオロはピエロと臨時のベビーシッターも呼んでくれたらしいわ」

話をするイモジェンは明らかに妊娠していて、夫婦二人での外出に有頂天になっていた。

「あなたもお酒を飲まないのね」訳知り顔で言う。

「普段からあまり飲まないの。頭痛がするから」モリーは嘘《うそ》をついた。彼女は妊娠についてしゃべりたくてたまらなかった。ジェノヴァへ来てから、そんな機会は一度もなかった。

「じゃあ、お酒の勢いで婚約したというグウィンの説は消えたわね。ジェノヴァのことをもっと教えて。

私たちは少なくとも年に一回はイタリアを訪れて、グウィンとヴィトの家に泊まっているの。でも、もっとイタリアを見たいと思ってて。とはいっても、あと五カ月もすれば子供が生まれるから、いつになったらできるのやら」イモジェンが肩をすくめた。

「今回の滞在はどれくらいなんだい？」ジオが口を挟んだ。「僕たちは今、祖父とポルトフィーノの屋敷にいるから、ジェノヴァ市内のアパートメントは使っていないんだ」

「親切にありがとう。でも子供たちに部屋を散らかされたくはないでしょう」イモジェンが手を振った。

「ダーリン」トラヴィスが声をかけ、振り向いた妻に熱烈な崇拝のまなざしを向けた。「僕は子供たちを心から愛しているが、ジオの部屋を荒らさせたくはない。何日かそこで君を独り占めしたいんだ。子供たちならグウィンが預かってくれるだろう」

「あなた、子供たちの世話をプレゼントかなにかだとでも思ってない？」イモジェンがあきれた。

数分後、夫妻は朝からジェノヴァに飛び、ジオのアパートメントに二泊することになった。

「トラヴィスとイモジェンに部屋を提供してあげるなんて親切なのね」ディナーが終わってダンスの時間になったとき、モリーはジオに言った。

「トラヴィスとは知り合いになっておきたい。それに、君はイモジェンといて楽しそうだった。ほら、僕の世界も君のとそれほど違わないんだ」

モリーは鼻を鳴らしたいのを我慢した。小編成のオーケストラが演奏する中、彼女は中学校の体育の授業で習ってから初めてワルツを踊っていた。ジオの巧みなリードがなかったら、彼の靴につまずいていただろう。

会場を行き交うスター女優や王族たちを見たいという衝動は抑えつけた。ジオが紹介したときは温かく迎えてくれたにもかかわらず、ここにいるほとんどの人はモリーを好奇の目で見ていた。

音楽が官能的で現代的な曲に変わり、ジオがモリーを引きよせた。彼の手が背中に置かれ、親指による愛撫《あいぶ》が感じやすくなった神経を刺激すると、モリーはとろけそうになり、くらくらする頭をジオの肩にあずけたくなった。彼から漂うアフターシェーブローションの香りにも酔いしれていた。

「私を誘惑しているの？」曲が終わってもジオは腕をまわしたままで、モリーは顔を上げた。

「うまくいっているかな？」彼の指先が腕をかすめてむき出しの肩を撫《な》でたので、モリーは興奮でぞくぞくした。「君にキスしたい」視線がそそがれているせいで唇が期待にうずく。

モリーもキスを望んでいた。でもここではだめ。二人きりになってからがいい。そうすれば……。

顔を下に向けて、ジオのシャツのフリルをもてあそんだ。彼といられる時間がいかに短いかを痛感する。ドレスの試着を手伝っていたとき、ウルスラはモリーのおなかを興味深そうに観察していた。だがピンをくわえていたせいで、質問はできなかった。

時間は刻一刻と過ぎていく。ジオと一緒にいたいなら、そのための努力をしなくては。

「キスするなら今しかないわ」モリーは彼を見あげ、小さく喉を鳴らした。「わかるでしょう？」

「なりゆきに任せてみないか」ジオが悦に入った笑みを浮かべ、彼女の耳の下を官能的に撫でた。

いとまごいもせずに二人でパーティを抜け出す間、モリーの胸は高鳴っていた。エレベーターの中でジオは彼女を壁に押しつけて抱きしめた。そして唇で唇をかすめてから首筋に熱いキスをした。

モリーはかすれたうめき声をもらした。体に広がる熱で胸はうずいている。

やわらかい肌に顔をうずめているジオがほほえんだのがわかった。顔を上げると下腹部をモリーに押しつけ、すでに興奮していることを伝えた。

「気をつけると約束する。だが、やめてほしいときは言ってくれ」

「どうかやめないで」そんなことをされたら、私は間違いなく死んでしまう。

エレベーターのドアが開くと、彼はモリーを外に連れ出し、廊下をできるだけ急がせた。

スイートルームにウルスラたちの姿はなかった。きれいに片づけられた部屋は静かで、ランプが金色の光を投げかけていた。

緊張しつつモリーは両手を耳にやり、イヤリングをはずしはじめた。「このネックレスを取ってもらえる？　なにかあったら困るから」

ジオがタキシードのジャケットを脱いでソファの背にかけると、蝶《ちょう》ネクタイをゆるめて寝室のドアに向かった。カフリンクスをはずし、熱い視線をモリーにそそいで口を開く。「ベッドへ行こう。君にはそこにいてほしい」

モリーは立っていられなくなった。震えながらジオに近づいていき、なんとかはずしたイヤリングを差し出した。

彼がそれを受け取り、モリーの手を取って寝室へ入ると、ゆっくりとドアを閉めた。「どうされるのが好きかききたいところだが、過去の男の話はされたくないんだ」彼女の向きを変え、ネックレスの留め金をさぐる。「髪を持ちあげてくれないか」

恋人の数もベッドの経験もゼロだと言わなくてはと思いつつ、モリーは言われたとおりにした。だからジオと一夜をともにしようと決めたのだ。今までネックレスをはずしたり、ドレスのファスナーを下ろしたりするだけで私を興奮させた人はいないから。

「そのままでいてくれ」髪を手で上げるモリーを見て、ジオが低い声で言った。「君はなんて美しいんだ」熱い息は彼女のうなじの毛を震わせているが、肌に触れるネックレスのダイヤモンドは冷たい。彼のあいているほうの手はモリーの背骨をなぞって胸から腿の間をうずかせていた。

熱いキスで背骨をたどりながら、ジオがモリーの後ろに膝をつき、ドレスを引っぱって床に落とした。ブラはつけていなかったので、数回のキスのあと、彼女はレースのショーツを取った。

「僕は君のヒップが大好きなんだ」ジオがざらついたエロティックな声で告げてヒップにキスをした。立ちあがりながら手でモリーの腿をなぞり、脚のつけ根をかすめてからまたヒップに触れた。

そのあと抱きしめたため、ジオのシャツとズボンが彼女のあらわな肌をこすった。

「あなたはまだなにも脱いでいないのに私は……」ハイヒールだけの姿でモリーは赤面し、反射的に手で胸を隠した。

「ああ、よくわかっている」ジオが満足げに言った。モリーの手を自分のシャツのボタンに持っていき、彼女のヒップとウエストをなぞってからかすかにふくらんだおなかの上で指を広げた。

シャツのボタンをはずそうとして、モリーはためらった。ジオが妊娠の証拠にどう反応するのか心配でうわ目づかいになったけれど、彼の視線は食い入るようだった。

「君はとても美しい」ジオはうなり、彼女の髪に指を差し入れて唇を奪った。

めくるめく感覚に襲われ、モリーはキスの虜《とりこ》になった。荒々しく甘いやり方で唇が唇をむさぼり、舌が舌をからめ取る。意識できるのは彼の広い肩幅と長身、糊《のり》のきいたシャツの肌触り、そしてあらわになった熱いサテンのような男らしい胸だけだ。ジオが抱きよせて、てのひらで背中にゆっくりと円を描く間、モリーは快感の波にひたった。

その気持ちよさに耐えきれず、シャツの下の体に腕をまわしながらキスを深め、胸と胸を密着させた。モリーが本能的に上げた膝をとらえ、ジオが自分の腰にかけた。彼の手はモリーのヒップへとすべりおり、長い指は彼女の体の中心をさぐった。

「ジオ」モリーはあえいだ。

「僕が支えている」ジオがモリーの背を弓なりにさせ、彼女がうめき声をあげるまで胸の先にキスをした。その間も手はモリーの敏感な場所を刺激しつづけていた。

こんなに奔放になれるなんて。

「ジオ、お願い」彼女はすすり泣いた。

「もう少しだよ、美しい人《ベッラ》」彼がモリーの脚のつけ根をひと撫でした。「絶対に君を放したりしない」

モリーはジオの言葉を信じたかったけれど、いつか別れの日がくるのも、どんなに警告しても彼に納得してもらえないのもわかっていた。拒絶されることに慣れていない男性だからだ。

しかしこの瞬間は、ジオを拒絶するなど思いもよらなかった。彼のシャツを左右に大きく開き、ウエストバンドからも引っぱり出す。ベルトをはずす手はひどく震えていた。

「今まで見た中でもっともエロティックな眺めだな」そう言うと、ジオが彼女に代わってズボンの前をくつろげた。「ベッドまで歩いていって、君をよく見せてくれ」

とてつもない興奮がモリーの全身に押しよせた。彼女はベッドに向かって歩きはじめたけれど、ちらりと後ろを振り返ってから、距離を稼ぐためにベッドの足元をまわって向こう側をめざした。わざと腰を左右に振りながら、踵が十五センチもあるハイヒールで思わせぶりに歩いていく。振り返ったとき、ジオは全部の服を脱いですっかり興奮していた。

あまりにもセクシーなその姿に、モリーはなにをするつもりだったのか忘れてしまった。

「座ってくれ」ジオが彼女のほうに近づいてきながら言った。「ハイヒールをはいた君と一つになりたいのは山々だが、脱ぐのを手伝いたいんだ」

モリーは足元がおぼつかなくなってベッドに座りこんだ。彼の高ぶった体を見てつばをのみこむ。

「あなたは私と——」

「僕はすべてを求めているんだ、モリー」ジオが彼女の顔を包みこんで目を合わせた。「君としたいことをリストにするには何年もかかるだろう。だが時間ならある」親指でモリーの唇をなぞった。「今夜は君の中に入りたいんだ。避妊具をつけてほしいかい?」彼が膝をついてハイヒールを片方脱がせた。

「あなたは病院で検査を受けて、なんの問題もなかったんでしょう?」

「君が望むなら、それでもつけるよ。いつもはそうしている」モリーを見つめるジオの視線は揺るぎもしなかったが、目は欲望にぎらついていて、彼女はどきどきした。「だが、君が欲しすぎていつまで耐えられるかわからない」

「なしでもいいんじゃないかしら」それだと親密すぎる? 無防備すぎ?

もう一方のハイヒールが脱がされ、ジオがモリーの肩に手を置いて立ちあがると、巨大なベッドの真ん中まで彼女を移動させた。それから力強い体でおおいかぶさった。

モリーが興奮の証《あかし》を手で包みこんだとき、ジオが彼女には理解できないイタリア語をつぶやいた。モリーの両手を頭の上で押さえ、鋼鉄のような腿で彼女の両脚を大きく広げながらやわらかな脚のつけ根に下腹部をあてがう。

モリーの胸に信じられないほどの切望がこみあげた。私は望むものを手に入れようとしている。この瞬間を長引かせたいジオの気持ちはありがたいけれど、できれば早く彼と結ばれたい。欲しいのは永遠だから。

彼女は口を開き、ほんの少し首をひねった。視線はジオに向けたまま、唇をなぞる彼の指をくわえて舌で愛撫した。

荒々しく息を吸って、ジオがまたイタリア語を口にした。しばらくして彼は指を引っこめ、キスを始めた。それはモリーが経験した中でもっとも欲望に満ちたキスで、激しく飢えていて、独占欲がむき出しだった。その間にジオは、彼女が舌で愛撫した指を下腹部に伸ばした。指がモリーの中に押し入ると同時に、二人は声をあげた。

ジオはキスをしながらモリーを喜びで身もだえさせ、ゆっくりと時間をかけて限界へと追いやった。

そしてモリーが身をよじり、恥ずかしげもなくうめき声をあげたとき、指による愛撫をやめて彼女の中へ深く身を沈めた。

この瞬間をずっと待っていた。望みはかなって、ジオは私のものになった。永遠に。そう思ったとたん、モリーの胸は震えた。

彼が首に巻きついていたモリーの腕をほどき、マットレスに肘をついて彼女といっそう密着した。それからゆっくりと、力強く動きはじめた。「目は閉じないでくれ」荒い声で命じる。「大丈夫か？　痛くはないかい？」

「とてもすてきな気持ちよ、ジオ。ああ……」モリーはつのる興奮に耐えられなかった。

ジオを見つめて、彼がかきたてているこの途方もない恍惚《こうこつ》の表情を見せるのは恥ずかしかった。それでも、目を閉じることはできなかった。

ジオはあらゆる快楽を与えようと決心しているのか、一定のリズムで巧みに押し引きを繰り返した。おかげで神経という神経をかき乱され、モリーは奔放にうめいた。彼の背中には汗がにじみ、モリーの足がぶつかる腿は熱く張りつめている。彼女はなすすべもなく、身を震わせてもだえるしかなかった。

私はジオとベッドをともにすることを、気軽に手に入るキャンディかなにかと同じだと自分をだましていた。でも、これはキャンディと同じなんかじゃない。彼はとてつもない喜びを与えることで、私がほかの男性と体を重ねても満足できなくしてしまった。このひとときのあと、私は決してもとの私には戻れないだろう。取り返しのつかない形で、私はジオのものになったから。

数秒間、モリーがジオに強くしがみついていたのは、彼に奪われた魂のかけらを取り戻そうとしたからなのかもしれない。手遅れになる前に手を伸ばしてつかみたかったのかもしれない。

激しい息づかいとともに、ジオがより強く押し入っては引くという動作を始めた。動きはどんどん速く大きくなっていく。

「今だ」彼の言葉とともに、モリーは抵抗をやめた。

息もつかせぬ荒々しい歓喜の波が襲いかかってきて、モリーは恍惚の表情を浮かべた。それから、ジオが同じ至福を味わいつつなおも腰を動かしてから全身を震わせるのをぼんやり感じた。

長い間、二人は一つになったまま、喜びの波にさらわれつづけた。モリーにとっては初めて経験する完璧な一体感だった。

私はこれが欲しい。ジオと人生をともにしたい。

しかし、陶酔感が消え去ったあとの心の空洞に暗闇が流れこんできた。

7

モリーはジオが想像していたとおりであると同時に、それ以上の女性だった。

目覚めると彼女のヒップが体にぴったりと押しつけられ、手の中には胸のふくらみがおさまっていた。昨夜の出来事は極上のひと言だった。

今も恥ずかしそうに顔を真っ赤にしているモリーに、彼は言った。「荷造りはメイドにさせるよ。僕と同じくらい朝食が待ちきれないだろう？」

彼女が小さすぎるポーチに新しい化粧品を入れるのをあきらめた。「ネックレスはあなたが？」

「ああ、僕が持っている。今回はミラノの街を見る時間がないから、ホテルの屋上のテラス席を予約した」

「ありがとう」モリーが二台の携帯電話と口紅、妊婦用のビタミン剤のピルケースをバッグに入れた。

「気分はどうだい？」エレベーターの中で二人きりになったとき、ジオは尋ねた。

彼女がたしなめるような目をした。「答えはわかってるでしょう？　食欲はあるわ」

「そうじゃなくて……ゆうべしたことで悪影響はなかったのかな？」

「ロッククライミングでもしたみたいに言うのね」

「趣味に費やす時間はなかったが、今は魅力がわかったよ。そのための時間を作ろうかな」

モリーがくすくす笑い、思わせぶりな表情を浮かべた。ホテルを出る前にもう一度ベッドを使う時間はあるだろうか、とジオは思った。

「返事は？」エレベーターから出て、彼はきいた。

「体調なら大丈夫。ありがとう」彼女がすまして答えた。

よかった。ひと晩では足りない、という思いがジオの中で確信に変わっていた。彼はさらに多くを求めていた。モリーともっと一緒に過ごして、もっと深い関係になりたい。彼女を独占したい。

僕はモリーを妻にしたいのだろうか？

ゆっくり朝食を楽しみながら昨夜のパーティで会った客と話す間も、ジオはそんなことを考えていた。

僕の世界になじめない、というモリーの考えは間違っていた。人々が彼女に興味津々だったのは僕の婚約者だったためと、僕に捨てられた過去がある相手がいたからだろう。僕との関係が長続きするのか知りたかったのだ。だがモリーは自分についてあまり話さず、相手に共感したり、興味を示したり、話に熱心に耳を傾けたりしていた。

朝食が終わったころ、トラヴィスからメールが届いた。これからヘリポートに向かうという。「彼はイモジェンの連絡先も教えてくれた。仕事用と個人用のどちらの電話に登録する？」

「個人用にするわ」モリーは仕事のメールに目を通していたが、今は別の携帯電話を手にしていた。

ジオが転送したメールを確認し、ほかのメッセージも見ていく。そしてがっかりした表情を浮かべた。

「どうした？」

「なんでもないの」彼女が明るくほほえんだ。「母にここの写真を撮って送りたいわ」

立ちあがったモリーがテラスの手すりに向かった。その間にジオは会計をすませたものの、彼女が赤ん坊の父親からの連絡を期待していたのではないかと思わずにいられなかった。

その問題はいまだに解決できず、彼はいらだっていた。結婚の話をするなら、確実に片づけておかなくてはならないことだ。

二人でレストランを出るときも、彼はどうすればいいか考えていた。すると、順番を待っていた女性から声をかけられた。「ジオ！　ゆうべのドナテッリのパーティにいたんですってね。私も出席予定だったんだけど、着くのが今朝になってしまって」

ジオは頭の中の住所録をめくった。「ジャシンダ、また会えてうれしいよ」女性は彼の母親そっくりだった。賭けてもいいが、彼女は昨夜のパーティの招待状など受け取っておらず、今朝は僕か、運の悪い誰かをつかまえようと待ち構えていたに違いない。

「噂《うわさ》は本当なの？」ジャシンダがサングラスをはずし、つるの先端を噛《か》みつつモリーを観察した。「あなた、秘書と結婚するんですって？」

「そんなぶしつけなことを言う人がいるとは思わなかったよ」ジオは声に警告をこめた。

「ああ」モリーが少し驚いた顔になった。「前に会ったことがありましたよね。その……髪を下ろしていたから気づかなかったわ」

「ちゃんとした形ではなかったけどね」ジャシンダがモリーのゆったりしたパンツとレースのトップスを一瞥《いちべつ》した。「あなたもずいぶん見違えたわね」

「これから人と会う予定があるんだ」ジオはそっけなく言うと、婚約者の背中に手をあてた。

だが、モリーは動こうとしなかった。「ザモス夫妻がひどい交通事故にあわれたと聞いたわ。お気の毒に。回復しているといいのだけど」

「アレクサンドラが？　ふふっ、彼女なら心配しなくていいわ。あの女には猫と同じで九つの命があるもの。夫妻はもうアテネに戻ったわよ」

無神経な言葉に、モリーがはっきりとぎょっとした。ジオも同じだった。「失礼する」彼はきっぱりと言い、モリーをエレベーターへ連れていった。二人きりになってから口を開く。「彼女に愛想よくしなくてもよかったのに」

モリーはなにも言わず、前を向いたままだった。

顔色が悪いようだ。

「モリー？」

「なにかしら？」

「動揺しているのか？」

ほんの一瞬唇を震わせ、それから唾をのみこんでまばたきをすると、モリーがかすかに好戦的な口調で言った。「あなたの元恋人に会ったから？　私には関係ないことだわ」

「嫉妬しているのか、モリー？」いやな気分ではなかった。彼女がやきもちをやくほど二人の関係を大事にしていると思うと、ジオはうれしかった。

「まさか」モリーは眉をひそめ、かたくなに顔を前に向けている。「あなたがゆうべ、どこにいたかは知っているもの。一緒にいる間、誠実でいてくれればいいわ。私にとって大事なのはそれだけ。過去は変えられないから。あなたの元恋人に嫉妬する資格なんて、私にはないし」

赤ん坊の父親との過去も？　彼女に話してほしいなら、まずは信頼を得なくては。「ジャシンダとつき合ったことはない」

モリーが信じられないという声をあげた。「私とあなたでは〝つき合う〟の定義が違うのかも。あのクルーザーのプールで、彼女はあなたに胸を押しつけていたわ」

「差し出されたものなど欲しくない。だが欲しいものは手に入れるまであきらめないんだ」彼はモリーを見つめ、言葉の裏の意味を伝えた。欲しいのはモリーだと。

彼女が唾をのみこみ、まつげを震わせる。

相手は妊婦だぞ、とジオは自分に言い聞かせた。だからユーモアでなごませた。「彼女は誰にでも裸の胸を押しつける女性なんだ」

一拍置いて、モリーが言った。「ヌーディスト村の出身なのかしら」

エレベーターのドアが開くころには二人ともくすくす笑っていたが、彼女はすぐに真顔に戻った。

モリーはまだジャシンダとの会話を気にしている。ジオにはわかった。「モリー――」

「トラヴィスとイモジェンに会うんでしょう？」

「ああ」彼はうなずいた。この会話は重要だ。じゃまが入らない屋敷に戻るまで待つことにしよう。

しかし、気分は落ち着かなかった。ジオはこの感覚が嫌いだった。なにもかもが不安定だったころを思い出させるからだ。両親はひたすら息子を失望させてばかりだった。

〝彼女を手放すな〟

それは祖父の声ではなく、ジオの心の声だった。

二人が戻ってきたとき、オットリーノはとても元気そうだった。食事のときは椅子に座っていて、病気には見えなかった。トラヴィスとイモジェンがミラノに戻る前にランチをとりに来たときは、時間をかけてきちんとした服に着替えて会った。

「君の結婚式にも出られそうだよ」翌朝も朝食をとりにわざわざテラスまで来て、オットリーノがモリーに言った。「日取りは決まったのかな？」

「あの……まだです」彼女は無言でジオに真実を話してほしいと訴えた。

この数日、二人は仕事の合間をぬってはトラヴィスとイモジェンに街を案内してまわっていた。

「私の母は助産婦なんです」モリーは話題を変えた。「だから余裕がないと仕事から離れられません。母と妹を呼ばずに結婚式をあげるつもりはないんです」パトリシアは、娘の世話ができるようすでに担当する妊婦の数を減らしていた。

だが、老人は彼女の言い訳をあっさりはねつけた。「ジオならお母さんの代わりを見つけられる。君たちは夫婦がすることはしているんだろう。もっと真剣に考えないと」

「お祖父《ノンノ》さま！」モリーは赤面した顔を両手でおおった。

「ノンノは元気になったようだし、僕たちは二、三日ロンドンへ戻ろう」ジオがもの憂げな視線をモリーへ向けた。「そうすれば君はアパートメントを引き払える。その間に結婚式の日取りも決めよう」

どちらにしろアパートメントを引き払う必要はあったので、モリーは反論しなかった。

その日の午後、二人はロンドンに到着した。ネロもジオのプライベートジェットに同乗していた。モリーはネロとニューヨークにいるアヴィゲイル、ロンドンのユウで顔合わせをする予定を立てた。三人はチームとしてまとまりつつあるが、ジオを含めた全員で数日仕事をしてみたほうがいいだろう。

「チームとして働かせたいなら、彼らに君のアパートメントを引き払わせればいい」ネロをホテルに送ったあと、ジオが提案した。

「いいえ、だめよ」ジェノヴァに飛んだ翌日、モリーは隣人に頼んで冷蔵庫の生鮮食品を引き取ってもらっていた。「引っ越し業者に頼んで、荷物は倉庫に運んでもらうつもり。でも身のまわりのものでいくつか必要なのがあるから、ひと晩泊まりたいの」

ジオから離れられれば、気持ちも立て直せる。彼と過ごせば過ごすほど、体を重ねれば重ねるほど、モリーはこれが本当の人生だったらと願うようになった。そんなことはありえないだけでなく、彼も望んでいないのに。私たちはどちらもこの関係が長く続かないとわかっている。「ここで降ろして。明日の朝、オフィスで会いましょう」

モリーは会社に行くのが怖かった。秘書に昇進する前に、私はジオとジェノヴァに行ってしまった。そして昇進の話の前に、彼と婚約していると発表した。お祝いの言葉を述べに来ても、同僚たちは間違いなくさらなる情報を求めるはずだ。

「僕も一緒に行こう」ジオが彼女に、運転手に住所を教えるよう促した。「そんなにたくさんはないだろう？」

「大丈夫よ、あなたが来る必要はないわ」住んでいたフラットはとても質素だった。そこを選んだのは家賃が安くて地下鉄の駅に近かったからだ。ジオの住まいとは似ても似つかない。

彼はそれ以上なにも言わず、ただモリーが運転手に住所を伝えるのを待った。結局、車はホテルから彼女のフラットめざして走り出した。

抵抗するのはあきらめたものの、ジオを二階の角部屋まで案内すると彼女は緊張した。ボスをプライベートな空間へ招き入れるのは、日記を見せるのと同じ気分だった。

部屋は明るく、整理整頓が行き届いていた。自然光がふんだんに入り、洗練された内装というには少しカラフルすぎるが、オフィスで長い一日を過ごしたあとには快適で心地よい時間が過ごせた。

入るなりジオはすぐに壁の写真を見はじめ、棚とソファの脇のテーブルに置いてあったリビーと母親とのスナップ写真を手に取った。二人とはビデオ通話ですでに会ったことがあったのに、彼が強い口調で尋ねた。「これは誰だ？」

「独占欲かしら、ジオ？」額に入った写真を受け取りながら、彼女は辛辣な質問を投げかけた。

「そうだ」答えにためらいはない。

手の届かない男性の言葉が、モリーはうれしかった。彼が心配する必要はないけれど。

「この人はアメリカで子役をしていたの。今もロンドンのウエストエンドで舞台に立っているから、まだ俳優だと思うわ。リビーが彼の番組の再放送を見てファンになったから、たまたまコーヒーショップで見かけたときに写真をお願いしたのよ。これは妹への誕生日プレゼントなの」

モリーは写真をノートパソコン用バッグにしまい、クローゼットから小型の旅行鞄《かばん》を出した。

「本当に産休を取るつもりだったんだな」ジオの視線は、クローゼットの中にラベルを貼って積みあげられた箱にそそがれていた。

「〝だった〟じゃなくて現在形よ」彼女は念を押した。オットリーノが結婚式に出席すると言っているのに、本当は産休を取りたくない。でも、こうなったのは私のせいじゃない。すべての元凶は偽りの婚約を言い出したジオだ。

モリーは鞄に、サプリメントや読みかけの歴史ロマンス小説と一緒に日用品を放りこんだ。彼女が本棚から分厚いハードカバーを手に取ったとき、ジオが言った。「それも妹さんへの誕生日プレゼントか？」

それは有名な魔法使いが出てくる本で、モリーは中のページをくりぬいてあった。表紙を開き、出生証明書と休暇中用の会社のＩＤカード、細長い黄色の封筒を取る。「明日、貸し金庫を空にしてくるわ」鍵を財布にしまった。「母に万が一のことがあったときのためにリビーの親権の書類と、もしものときに必要な書類をそこに保管してあるの」

サーシャの赤ん坊を産むと決めた瞬間から、なにかあった場合は赤ん坊を自分で育てようと決めていた。おなかの子はザモス家の財産を受け継ぐ権利があるが、モリーはそれが赤ん坊の権利だということにしか関心がなかった。サーシャほど恵まれた環境にはいないけれど、生活は安定しているし、家族とは仲がいい。

一人で子育てをすると想像すると気が遠くなった。でも、サーシャとラファエルはそう望んでいるの？二人は心変わりをしたのかしら？　違うと思いたいかったものの、連絡がない以上ほかの理由は考えられなかった。ジャシンダはサーシャのことを気にもしていなかったが、モリーは不安でたまらなかった。

「ジオ、このままオットリーノをだましつづけられないわ。屋敷へ戻ったら、真実を話しましょう」

「話はそう簡単じゃない」彼がいらだたしげに言った。「ノンノは僕にすべてを与えてくれた。富や地位だけでなく、意味のあるものすべてを」彼女の手の指輪を指さす。「育児放棄されて死ぬか、父親のような男になる前に、僕を救ってくれたんだ。がっかりさせるなど耐えられない」

「私だってそうよ、でも……」モリーは指輪を手で包んだ。宝石がてのひらに食いこむ。「どういう意味、育児放棄されて死ぬって？」

「僕の両親を見ただろう」コーヒーテーブルとソファの間を通りながら、ジオは髪をかきむしった。「あの二人を見ていると、子供を持つことを免許制にしたほうがいいんじゃないかと思うよ」

これほど気を高ぶらせているジオは見たことがなかった。祖父が病気だという知らせを受けたとき以来だ。「ジオ……」モリーはジオの前に立とうとしたけれど、彼は背を向けた。「話したくないなら話さなくていいわ。でも、話せるはずよ」

「あの二人はなにもしなかった。赤ん坊のころはそれほど深刻な影響はなかった。たいていは養育係《ナニー》がそばにいてミルクを与えてくれたり、着替えさせてくれたりしたから。ただたまに指示を守らなかったとか、飲酒していたとかで解雇されるナニーがいた。それでも一日か二日たてば新しい人が来たから、生きていられたんだ」

「それって……」彼女は気分が悪くなった。

「そうだ。ナニーがいない間の僕は空腹のまま、濡《ぬ》れたおむつをつけて部屋で泣いていた。僕がこのことを知っているのは、ノンノが後見人になったときに調査員を雇ったからだ。彼らは当時働いていた何十人もの使用人に聞き取りをした。彼らはできることをしていたが、誰も長くは働いていられなかった。両親はひどい雇い主だったからね。二人は彼らをいじめ、セクハラし、法に触れることを命じていた」

「オットリーノはそれを許していたの？　どれくらいそんなことが続いたの？」

「父親は僕とノンノを会わせようとしなかった。あの男はカゼッラ家の次の当主になろうとあれこれ画策していたが、僕が寄宿学校に入る年齢になると、ノンノに孫の学費を払え、さもなければ寄宿学校には入れないとつめよったんだ。ノンノが学費を出すと、学校が報告書を送ってきた。それでノンノは、僕が低体重で、同級生たちと比べるとかなり発育が遅れているのを知ったんだ。基本的な社会性に欠け、行動に問題があったのもね」

「ジオ、なんて気の毒な」モリーは彼のほうに歩みよったけれど、相手の体がこわばったのを見て立ちどまった。

「ノンノは僕を学校から連れ出し、自分の屋敷に引き取って専門家や栄養士を雇った。それからは僕と一日じゅう一緒に過ごし、会社にも連れていってくれた。父親は僕を連れ戻そうとしたが、ノンノが金で追い払った。両親は長年僕を利用し、一定の年齢になるまで親権争いをすると脅していたんだ」

「そんなに冷酷な人がいるなんて理解できない」モリーは息が苦しく、今にも泣き出しそうだった。

「両親は僕のことなど気にもとめていなかった。あいつらにとっては捨て駒だったんだよ。父親は、僕がいればノンノの後継者になれると考えていた。ノンノは、父親がどれほどひどい人間なのかわかっていなかったんだ。今の関係を築くまでには長い時間がかかったが、僕はやがてノンノがいつもそばにいてくれることを知った」だが、それは永遠ではない。

死が連れていこうとしているから。

「ジオ」モリーはもう我慢できなかった。彼のもとに駆けより、腰にしっかりと腕をまわす。「そんな目にあわされて本当に気の毒だわ。あなたにノンノがいてくれてよかった」

「だから傷つけたくないんだよ、モリー」ジオが彼女の頭を包みこみ、激しい痛みに耐えているように全身を硬直させた。「もし僕が寄宿学校に入れられたままだったら、父親と同類になっていただろう。いや、もっとひどい。子供のころの僕は死に急いでいると言ってもいいほど無鉄砲だったから」

モリーは聞いているのも耐えられなかった。彼があるときは一人で空腹と恐怖におびえ、またあるときは怒りくるって危険に身をさらすところを想像すると、つらくてたまらなかった。「できるなら、オットリーノのためにあなたと一緒にいたいわ。でも無理なの」目を閉じると、涙がまつげの間からあふれた。おなかの子が私の子でないと知ったら、彼はどう思うかしら？　私がその子を手放すつもりでいると知ったら？　彼女の心は揺れていた。

「どうしても？」ジオが低く結ったポニーテールをやさしく引っぱって、モリーに顔を上げさせた。

彼女はうなずこうとしたけれど、できなかった。唇を震わせながら理由を説明する言葉をさがしたものの、その言葉は貸し金庫の中の書類に書かれていた。ジオにそれは見せられない。

なにかのたががはずれたように、ジオがモリーの唇を奪った。一度は激しくむさぼり、次はやさしく懇願をこめた口づけをする。

でも、私には無理。できない。

やめなければ――偽りの婚約も、この人との未来のない関係も。そうとわかっていても、ジオが身を離そうとするとモリーは彼の後頭部に手をあて、キスを続けるよう促した。将来の不安や恐怖を、やがて訪れる苦悩を消し去ってほしかった。

モリーがジオのジャケットを肩から下ろした瞬間、二人の間の空気が熱く一変した。二人はあわただしく互いの服を脱がせていった。彼は自分のシャツも、モリーのシャツも躊躇《ちゅうちょ》なく引き裂いた。

お気に入りのシャツだったけれど、モリーは気にしなかった。ブラと一緒にシャツを取り、ジオのズボンからベルトを引き抜く。

二人は寝室にも行かなかった。ひざまずいてモリーのパンツとショーツを脱がせようとして、ジオがコーヒーテーブルで肘を打つ。モリーは両方から足を抜くと、裸のまま膝をついてジオの体にキスをし、ファスナーを下ろしてからズボンと下着を下へ押しやり、興奮の証《あかし》に触れた。

ジオが荒い息を吐き、モリーの下腹部を包みこんだ。同じ快感を与えながら舌を舌にからめ、彼女を仰向けにさせる。

毛の粗いカーペットはひんやりしていたので、密着しているジオの体の熱さがよけいに際立った。彼がモリーの胸を手でおおい、脈打つ喉に舌を這《は》わせた。「こうしてほしかったと言うんだ」

「いつもそう思ってるわ」ジオの唇が下へ向かうにつれて身もだえしながら、モリーはうめいた。胸の先に口づけされ、ふくらみの下側を歯がすべっていくのを感じる。脇腹に熱い息がかかったかと思うと、おへそを舌が撫《な》でた。

ジオがモリーの両脚を広げだとき、彼女は苦悶《くもん》と恍惚《こうこつ》の表情を顔に浮かべて背を弓なりにした。

二人はあうんの呼吸で動いていた。ジオが髪を手ですいてもらうことや、彼女の腿が喜びにこわばる感触を気に入っていることをモリーは知っていた。彼もまた、モリーを至福へ導くにはどういう体勢がいいのかを熟知していた。彼女がほんの少し誘うような仕草をしただけで、ジオは矢のごとくまっすぐ

にゆっくりと身を沈めた。二人とも解放の瞬間より
も、一つになる瞬間のほうが好きだった。

いや、どちらも同じくらいすばらしかった。

「永遠にこうしていてほしいと言ってくれ」ジオが床に両脚を広げて仰向けになったモリーにおおいかぶさり、慎重に体を動かしながら告げる。

永遠という言葉を大げさとは思わなかった。「こうしていてほしいわ」彼女は認め、そして目を閉じた。自分が口にしているのは誓いだとしか思えなかった。

モリーの言葉は身も心も焼きつくすきっかけだった。ジオがさらに何度か大きく腰を揺らしたあと、二人は恍惚の淵《ふち》へと身を投げた。互いにしがみつきながら身を震わせ、なすすべもなく高揚感に満ちた声をもらした。

8

「ベッドを使うべきだったな」しかし、ジオはあまり自責の念に駆られてはいなかった。モリーを押しつぶさずにとてつもない喜びの余韻にひたりながら隣に転がり、彼女を抱きよせる。フラットは寒かったので温めてやりたかった。

自制心をかなぐり捨てるまねはめったにしないが、頭の中には声に出して話すことはおろか、思いつきもしなかった考えが渦巻いていた。部屋の梱包《こんぽう》された箱を見て、生々しい現実に脅威を感じていた。

もし二週間前のあの日、祖父の病気を理由にモリーを引きとめていなければ、彼女は来週にも僕の前からいなくなっていたのだ。出産すれば職場復帰す

るだろうが、僕はモリーのいない時間を寂しく思うに違いない。

そう思った瞬間、予想外の欲望に駆られ、ジオはモリーが欲しくてたまらなくなったのだった。

「痛い思いはしなかったかい？」

「いいえ。痛かったらとめていたわ」彼女がジオの胸をくすぐるように撫《な》でてから体を起こした。ポニーテールにしていた髪は乱れ、まぶたはまだ重く、化粧は落ち、唇は官能的に腫れている。「シャワーを浴びてくるわね」

「僕も行くよ」

「まあ。好きにして」

浴室は狭くバスタブがなかった。ジオはモリーと一緒にそこに体を押しこみ、石鹸《せっけん》をつけた体を触れ合わせながら何度も濃厚なキスをした。

髪を濡《ぬ》らさずに顔を洗ってから、彼女が浴室を出てドレッサーで化粧を直し出した。Tシャツの裾からはセクシーなレースのショーツがのぞいていた。

熱い体を冷まそうとジオはタオル一枚を腰に巻いただけで、ぼんやりと小さなフラットを歩きまわった。部屋には好感が持てた。目に入るものはたくさんあるわけでもなければ高級でもないが、センスよく並べられていた。全体的に明るい色が多いので、穏やかさと温かみが加わっていた。

ミラノに行ってからずっと結婚の話を持ち出したかったが、いつになく自信がなかった。モリーは両親の結婚と離婚について話し、愛は求めていないと言った。それなら、僕の妻になれば快適な生活が送れるとわかるはずだ。

まだ化粧をしているモリーに、ジオはちらりと目をやった。赤ん坊がいるおなかをTシャツが隠しているのを見て、彼の胸はなぜか憧れと期待の中間のようななにかでいっぱいになった。

生まれて初めて、ジオは父親になることを真剣に考えてみた。すると引き受けなければならない義務感が、父親になりたいという望みに変わった。モリーがいるなら挑戦したいと思えた。

「そんなにじろじろ見ないで」マスカラのブラシを容器から出し入れし、モリーがなだめるような口調で言った。「三週間という約束は守ってもらいますから。オットリーノに結婚式の日付について新たな嘘《うそ》はつきたくはないけど、もしまたきかれたら、リビーの学校が始まる前の八月を考えていると言えばいいわ」

ジオは少しほっとしてふたたび部屋を歩きまわり、どう説得すれば結婚を承諾してもらえるか考えた。

そのとき、視線が壁にかけられた唯一の作品にとまった。黒い布に色とりどりの糸で蝶《ちょう》が刺繍《ししゅう》されている。力作ではあったものの、その出来はサマーキャンプで十代前半の子が作ったようだった。

だから、モリーは僕とは住む世界が違うと思ったのだろうか？　ルネサンス期の油絵を持っていないから？　話を聞いた限り、モリーの母親は悲惨な幼少期を過ごした僕よりもはるかにまともな教育を娘に受けさせたようだ。そんなところも魅力だった。モリーは金や物には興味がなく、おなかの子と家族を大事にしている。

ジオはふと刺繍の横にある白い文字に目をやった。リビーか、モリーの名前だろうと予想していた。

「サーシャとは誰のことなんだい？」彼は尋ねた。

「えっ？」鏡を見ていたモリーが振り返った。「ああ」彼が見ているものに気づいて目を見開く。「長い間持っていたから、そこにあるのを忘れていたわ。高校時代の友達よ」化粧道具を置いて、浴室からきれいなタオルを取ってきた。

「君は家庭学習《ホームスクール》を受けたんじゃなかったか？」

モリーが壁から作品を取り、タオルに包んで小型の旅行鞄《かばん》に入れた。その手は震え、目はジオの目を避けていた。

「その話は本当なのか、モリー？」

「ええ」彼女のまなざしは驚きつつも揺るぎなかった。とはいえ、たわいもない質問に対するにしては強すぎる反応に思えた。

「君にとって特別な存在なんだな」

「そうよ。ねえ、おなかはすいてる？　角を曲がったところにテイクアウトのお店があるんだけど、この丼料理がおいしいの。しばらく食べられないだろうから……」モリーが携帯電話を手に取り、アプリを起動させた。「三十分後、あなたのタウンハウスへ行く途中で受け取りましょうか？　荷造りならもうすぐ終わるから」

ジオは作品がしまわれた鞄にいぶかしげな目を向けた。だがなにを注文するかきかれ、彼女が荷造りをすませると、二人で家に帰れるのがうれしくて疑っていたことも忘れてしまった。


モリーは自分がこの世で最悪の人間に思えた。一人の時間にタブレットで話をしたとき、母は焦っていた。「モリー、八月までそこにいるのは無理よ。休暇の申請はしたんでしょう」

「わかってるわ。でも彼に言わなければならないことがあるの」今のモリーはジオを前よりもよく理解していて、なぜ彼が祖父を大切にしているのか知っていた。子供時代のジオを思うと同情で胸がいっぱいになる。今の姿に成長したことが信じられない。

モリーはジオを深く愛していた。彼は強さと誠実さを兼ね備えているうえに親切で思いやりがある。もしサーシャとラファエルの子を妊娠していなければ、私は彼が望むだけ一緒にいたはずだ。

でも、その時間はなくなりつつある。

「サーシャからはまだ連絡がないの？」

「明日、私たちはアテネに行くの。ジオはラファエルと会う予定だから、きっとそこにいるはずだわ。

サーシャにも会えると思う。彼らがどういうつもりかわかれば……」


「なにがわかればと思っているの？」

「子供を私に育ててほしいのかどうかが」もしそうだったらすべてが変わってしまう。どうすればいいかはわからないけれど、そのときは行動あるのみだ。

「サーシャの考えが変わったと思ってるの？」

「さあ。何度もメールして、電話してどうなったのか教えてほしいと頼んでるんだけど。人工授精の前にロンドンで会ったときは、赤ちゃんをすごく欲しがっていたわ」サーシャは、ラファエルとの仲がぎくしゃくしているのは自分のせいだと言っていた。

「たぶん、彼女は両親と一緒なんじゃない？　それとも、二人の怪我《けが》は報道されている以上に深刻なのかも」

「それなら、ラファエルから連絡がないのも説明がつくわね」

「ええ」モリーは動揺しつつつぶやいた。

「サージャに会って赤ちゃんを望んでいるようなら、リビーが会いたがっていると伝えて。サーシャにもあの子の人生の一部になってほしいと」

「サーシャはわかっているわ、ママ」あのクルーザで話して知ったことだ。「でも、もう一度言っておくわね。ああ、ジオが帰ってきた」

居間に入ってきた彼に、モリーはほほえみかけた。

「母に挨拶する？」

モリーの背後から顔をのぞかせた彼に、パトリシアが温かくほほえんだ。「こんにちは、ジオ。モリーから、あなたのお祖父《じい》さんがよくなっていると聞いたわ。よかったわね」

「そうなんです。祖父もあなたとリビーにぜひ会いたいと言っていました。イタリアへ来ませんか？　航空券は僕が用意します」

パトリシアがモリーと同じくらいに驚いた。「同僚に仕事を代わってもらう必要があるから、また連絡するわね」しかし、母が娘に向けた目はこうきいていた。〝いつまでこの茶番劇を続けるつもり？〟

しばらくして三人はビデオ通話を終えた。

「さっきのはなに？」モリーは体をひねって尋ねた。「ここにいるのは三週間だけと言ったでしょう。長くいるだけ払うというボーナスはいらないわ」

ジオがソファをまわりこんできてモリーの前に立ち、両手をズボンのポケットに突っこんだ。しばらく彼女の頭上を見つめて言葉を選んでいるようだったが、やがて視線を合わせた。

その真剣な視線に思わず身構える。「どうしたの？」

「なんでもない。僕は婚約を本物にしたいんだ」

「本物に？」モリーは心臓がとまりそうになった。「それってどういう意味？」

「結婚を申しこんでいるんだよ、モリー」

ジオはすでに一度申しこんだ。彼女は自分がつけている指輪を見た。「まさか、オットリーノのために？　ジオ、無理だわ」彼は私が恋をしていることに気づいていないの？

それとも、気づいたからプロポーズしたの？　彼も同じ気持ちとか？　モリーは息を吸ってとめた。

「僕たちならうまくいく」ジオの声は役員室で交渉しているみたいだった。やさしいとはとても言えず、彼女の胸は締めつけられた。「ベッドの上だけじゃない。僕たちは話も合うし、価値観も似ている。君は僕の仕事に理解があるし、僕も君がキャリアアップを望むなら応援するよ。それに家族も欲しい。もちろん、君も同じだろう？」

愛についての言葉はない。モリーの胸の中で希望がしぼんだ。

「祖父《ノンノ》は君を気に入っている。だから、結婚して安心してもらいたんだ」

「ああ、〝ノンノが〟ね」モリーはヒステリックな笑い声がもれそうになるのをこらえた。ジオは最初の婚約のときも、こうして会社の合併や買収を行うような態度で臨んだのだろう。「あなたの気持ちはどうなの、ジオ？」

彼が顔色を変えずに答えた。「好意と尊敬と欲望はある」声はざらついていた。

「それじゃ足りないのよ！」彼女は立ちあがって歩き出した。

「そうかな。その三つは関係の強固な基盤になる。僕たちは二人とも分別のある人間だろう、モリー。うまくいく方法を見つければいい。うまくいかなかったらノンノがいなくなってから離婚すればいい」

「離婚についてどう考えているかは言ったでしょう。もう考えているなら、なぜ結婚するの？」

「続けられるなら続けるよ」

「あなたは本当に、残りの人生を私と過ごしたいと思っているの？　相手は私なのよ？」

「君の赤ん坊ともね。そうだ、一緒にいたい」

モリーはどきりとした。赤ん坊ともなんて。ああ。

「子供の父親とどうなったとしても教えてくれ」ジオが近づいてきて彼女の手を取ろうとした。

「できないわ」モリーは手を引っこめた。「あなたはわかっていないのよ」

「たしかに」彼が凍りつき、絞り出したような声で言った。「だが、わかりたいと思っている」

彼女はジオを傷つけていた。ベッドをともにする仲になった彼は、幼少期から人がずっとそばにいると信じるのがむずかしいと打ち明けてくれた。

拒絶したくはないけれど、ほかにどうしようもなかった。もし血のつながらないこの子を育てることになったら、ジオは理解してくれる？　そのときもまだ私を欲しいと言ってくれるの？　赤ちゃんも？

「この話は二、三日後にまたしない？　考える時間が欲しいわ」モリーはサーシャとラファエルに会う必要があった。

おそるおそる顔を上げると、ジオの唇は失望に引き結ばれていた。彼がそっけなくうなずいた。「わかった。アテネから戻ったあとにしよう」

「ありがとう」彼女はどうにか言った。そのときにいい答えが返せるとは思えなかった。


翌日、アテネに降りたって以降、モリーは胃がきりきり痛かった。昨日ラファエルの秘書と契約をまとめるために詳細をつめていたとき、秘書は次のようなメッセージも送ってきた。

〈ザモス夫妻は、土曜の夜に行われる美術館でのパーティで、ミスター・カゼッラとその婚約者にお会いしたいそうです。お二人の婚約を祝福したいとのことでした〉

あれは私への暗号だったのかしら？

モリーはワンショルダーのゴールドのドレス姿で緊張していた。シルクの身頃にはシャーリングが施され、肩とウエストの高い位置にゴールドの葉があしらわれている。スカートには細かなプリーツが入っていてウエストの太さを隠してくれていた。

「蛇のネックレスは金庫かしら？」メイクアップアーティストが化粧を終えたとき、モリーはジオに尋ねた。今夜は髪をアップにして、耳の横にカールを垂らしていた。

ジオに称賛のまなざしを向けられて、彼女の肌はほてった。本当はプロポーズを承諾して、人生を彼に捧《ささ》げたい。彼は私を愛していないかもしれないけれど、祖父のことは愛している。それなら、時間がたてば私もいつか愛してもらえるのでは？

でも、今の私はプロポーズを承諾できない。

ジオがホテルの部屋の金庫から、見たことのないベルベットの箱を取り出した。「別のネックレスを用意したよ」もういいというようにスタイリストにうなずき、箱を開けた。

「えっ？　用意したって買ったってこと？」

「そうだ。何人もの人がつけたものじゃなく、自分だけのものもつけたいだろうと思ってね」

イエローサファイアの見事なネックレスを見せられて、モリーは息をのんだ。洋梨型のサファイアはそれぞれダイヤモンドに囲まれていて、いちばん大きなサファイアはより大きなダイヤモンドに囲まれていた。そろいのイヤリングもあった。

「やりすぎだわ」彼女は弱々しく言った。

「君にその気になってもらいたくてね」ジオが淡々と告げた。

彼は本当に私と結婚したいのだ。でもどうして？　昨日、彼が言った現実的な理由のため？　オットリーノのため？　それとも、私に好意以上の気持ちがあるとか？

ネックレスを拒否してまたジオを傷つけたくなくて、彼が背後にまわり、ずっしりとしたネックレスを首にかける間、モリーはじっとしていた。ジオは彼女の首の後ろで留め金をとめ、うなじにキスをした。「これもその気になる役に立つかな」

モリーは鳥肌が立ち、喉の奥から切望に満ちたうめき声をあげた。思わずジオにキスをして、長く強く抱きしめる。二人にはもう残された時間があまりなかった。

一線を越えて以来、二人はチャンスがあれば体を重ねてきた。そして暗雲の垂れこめた未来が迫る今日も、親密なひとときを望む気持ちがつのっていた。

彼女は膝をついて、タキシードのズボンのファスナーを下ろそうとした。

「僕が手に入れたいのはそういうものじゃない」ジオがざらついた声で言った。

モリーは手をとめた。「いやなの？」

ジオが唾をのんだ。「僕がつねに望んでいることはわかっているだろう」

彼女はジオの興奮の証《あかし》を自由にした。そこへ口づけすると、彼が野獣のような声をもらす。キスが深くなるにつれ、欲望はつのっていった。

指先をモリーの肩に食いこませ、ジオが激痛に耐えているかのような声をあげた。もう片方の手は彼女の頬を包んでいる。そして意味不明な言葉をつぶやきながら腰を揺らした。

完全に我を忘れかけた瞬間、ジオは慎重にモリーから離れた。彼女を引っぱって自分の前に立たせる。

モリーは足元がおぼつかなかった。「やっぱりいやだった――」

「いや、君が欲しいんだ。君のすべてが」彼はモリーと一緒にベッドへ近づき、その端に座った。

彼女もジオのすべてを求めていた。だからドレス

のスカート部分をたくしあげ、彼の膝の上にのった。ショーツをずらされて熱くうるおった場所を愛撫《あいぶ》されると、目を閉じてその感覚にひたった。

「さあ、来てくれ」彼が仰向けになってうなった。

モリーの体はうずいていた。体は欲望に支配されていたけれど、心と魂には穴があいていた。彼女は快楽以上のものを、二人をいつまでも結びつけるなにかを必要としていた。

興奮の証に向かって腰を落とし、残酷な運命に泣きたいのをまばたきでこらえた。

モリーは彼を愛していた。全身全霊をかけて愛していたけれど、いずれ失うのはわかっていた。

ジオの大きな両手が腿を撫であげてから、スカートの下の腰にまわされた。自分の腰を持ちあげて、彼女に動くよう促す。

スカートを揺らしながらジオの肩に手をかけ、モリーは彼のリズムに合わせて動いた。ウールのズボ

ンが脚にこすれても気にしなかった。

激しい感情と快楽が重なり、心の中にあるものを叫ぶ。もう抑えることも否定することもできなかった。「愛してるわ、ジオ！　愛してる！」

至福が黄金の光となって訪れた。彼は頭を後ろに傾けて純粋な喜びの声をあげたにもかかわらず、モリーに同じ言葉を返しはしなかった。


モリーが浴室で身繕いをする間、ジオが鳴り響く電話を取った。「車が待っているそうだ」ズボンのファスナーを上げながら、彼女に声をかけた。

汗はまだ引かず、強烈な喜びを経験したあとで頭は冴《さ》えていた。彼女は僕の声が聞こえたのか？

先ほどのモリーの告白をどう受けとめたらいいのかわからなかった。あれは僕と結婚するという意味だったのだろうか？

もちろん母親を含めて、過去に愛していると言った女性ならいた。母親にとって愛の言葉は息子を操る手段で、従わせるために使われてきたせいで、ずっと嫌悪してきた。

しかし、女性がみな反社会的人格障害というわけではない。やがて彼は、愛とは熱意と興奮が高まったときに経験するなにかだと信じる人もいるのを理解するようになった。モリーの唇が興奮の証をエロティックに包みこむのを見たときは、彼女を愛していると言うこともできた。

だがモリーの愛の言葉は僕のよりも深く、意味がある気がする。彼女は僕を従わせるためにあんなことを言ったわけでも、嘘をついたわけでもないはずだ。好意と尊敬と欲望では足りないと言ったのだから……。

モリーが浴室から出てきた。化粧は完璧に直され、髪は前よりほんの少し崩れていたが、そこがかえってセクシーだった。まだ先ほどの余韻で紅潮している頬もセクシーだ。彼女はぼんやりとした笑みをジオに向け、ネックレスとおそろいのイヤリングを急いでつけはじめた。

その手は震えていて、ジオは部屋の緊迫した空気も忘れて考えこんだ。モリーは僕が愛の言葉を返すのを待っていたのだろうか？

「行きましょうか」モリーがクラッチバッグの中をのぞいてドアに向かった。ジオはじっと目が合うのを待ったが、彼女はドアを開けて廊下に出ていった。

二人は無言のままロビーに向かった。

美術館までの短い距離を車で移動する間、ジオはモリーの手を取って〝さっきはありがとう〟と言いかけた。だが、その言葉では伝わらないのに気づいて思いとどまった。彼女はジオの手をゆるく握り返したものの、目は窓の外に向いたままだった。

ラファエル・ザモスとその妻が主催するパーティの会場に入ったとき、モリーの体が硬直し、ジオは彼女が緊張しているのに気づいた。僕はどんな人々にも受け入れられることを当然だと思っているが、彼女が僕の住む世界に足を踏み入れるのは初めてだ。それに前回会ったとき、アレクサンドラ・ザモスはモリーを見下していた。

「心配しなくていい」ジオはつぶやいたが、過去を思い返すとすでにモリーに個人的な興味があったと認めざるをえなかった。彼女がクルーザーにやってきたとき、ジオはラファエルとの交渉で頭がいっぱいで、昼食中に相手が泳いだり酒を飲んだりしはじめたことにいらだっていた。貴重な時間を無駄にしていたうえに、ジャシンダにつきまとわれていた。だが、彼女のとても形のいい胸にもそそられなかった。そこへモリーが現れたのだ。

彼女はシルクの造花の中に咲く野薔薇《のばら》だった。その美しさは人工的ではなく、自然だった。新鮮な香りを放ち、流れるように動き、恥ずかしそうなほほえみは温かみがあった。

アレクサンドラがモリーに対して居丈高にふるまうのを見たときは、彼女の夫と仕事をするべきかどうか純粋に疑問に思った。しかしそのあと、アレクサンドラは不器用ながらモリーを朝食に招待し、自分の態度を心から恥じているようだった。

それでもザモス夫妻のところへ向かう間、モリーが緊張しているのがわかった。彼女を守りたいと思う自分が、ジオには理解できなかった。

ラファエルが二人に目をとめ、妻とともに話の輪から離れた。アレクサンドラに目でついてくるよう合図し、松葉杖《づえ》をつきながら二人のほうへ向かってくる。アレクサンドラは緊張で顔をしかめ、おびえた顔であたりに視線をやっていた。

ジオの手を握るモリーの手の力が強くなった。てのひらも湿っているようだ。

彼は安心させたくてモリーの手を握り返した。アレクサンドラは名家出身らしい高慢な女性なのかもしれないが、ラファエルはそういうところのまるでない男だ。オーダーメイドのタキシードを着て手首にはジラール・ペルゴというブランドの高級時計をつけていても、父親から引き継いだとき、海運会社は大企業とはとても言えなかった。今回のパートナー契約が成立すればコンテナの輸送量は増大し、業界の最大手の一角を占めることになるだろう。契約により乗り気なのはラファエルのほうだが、僕が話に飛びつかなくてもほかの誰かが飛びつくはずだ。

今夜のラファエルはいつもより謎めいた表情を浮かべていて、ジオも無意識のうちに緊張を覚えた。

ジオはラファエルの結婚をビジネスのためだとみなしていた。アレクサンドラはアメリカの資産家の娘で、スイスの学校に通っていた。非常に有力な人脈を持ち、温厚で機知に富んでいるが、類いまれな美貌を鼻にかけているところがある。そういう女性は不快だったが、ジオは顔には出さなかった。

アレクサンドラがモリーに礼儀正しいが感情のないほほえみを向けた。まるでどうでもいいと思っているような表情だ。彼女の興味は松葉杖の夫が握手を求めているジオにあった。

「ジオ。また会えてうれしいよ。こちらが君の婚約者だね？」ラファエルが言った。

「ああ、モリーだ」アレクサンドラのそっけない笑みに違和感を覚えながらも、ジオは答えた。

「私もあのクルーザーにいたんです」モリーはアレクサンドラを見ながらラファエルに手を差し出した。

「あなたとも少しだけ会いました。覚えていないでしょうが」

「覚えていないわ」アレクサンドラがきっぱり言った。「私、事故で脳震盪《のうしんとう》を起こしてなにも思い出せないの。なぜここにいるのかもわからない。ここのなにもかもが、私にはなんの意味もないのよ」

ラファエルが顔をこわばらせ、モリーに申し訳なさそうな顔をした。

アレクサンドラを見るモリーの目は大きく見開かれていた。軽く開いた唇は信じられないというように震えている。恐ろしいとさえ思っているみたいだ。

彼女の視線がラファエルにそそがれたとき、二人が無言で会話を交わした気がして、ジオは警戒した。だが次の瞬間、彼の婚約者はアレクサンドラに目を戻した。「それじゃ、わけがわからなかったですよね。本当にごめんなさい。お二人ともまだ事故から回復されていないようですから、どこかに座りませんか？」

「いいえ。ここの明かりは好きじゃないの。頭が痛くなるのよ」アレクサンドラが眉間に触れ、顔をしかめた。「この人がここに来て、記憶がないところをみんなに見てもらえって言うから――」

「そんなことは言っていない」

「サーカスの出し物みたいに私を連れ歩き、頭に負った障害を説明しているあなたを見て、みんなはどう思うかしら？」

「失礼するよ」ラファエルが硬い声で言った。「明日オフィスで会おう、ジオ」

夫妻が離れていくと、ジオは言った。「今夜は彼女もおとなしいかと思ったのに」

「怪我のせいよ」モリーがかばった。まだ顔は青ざめている。「どうしてパーティを中止にしなかったのかしら？」

「しかたなかったんだろう。ラファエルの会社は急成長しているといっても長く成功しているわけじゃない。今夜は絶対に中止にしないと言っていた」

「それって彼が――」

「すべてを失うこともありうると思う」

「ありえないわ」モリーの視線は夫妻が姿を消したあとも、ずっとそちらを見つめていた。

「ビジネス界は熾烈《しれつ》だ。ラファエルは交通事故からは生還したが、脚を骨折した。記憶障害をかかえる彼の妻に代わりができるとは思えない。問題は山積みだ。赤ん坊でもいれば違うだろうが……」

モリーがはじかれたような反応をした。「どういう意味？」ジオの手を振りほどいてきく。

その反応に驚いた彼は、なんの話をしていたか忘れそうになった。「文明が発達しても人間は群れで生活し、子供の成長を見守る生き物だ。だから僕は、カゼッラ家の次世代を育成することを真剣に考えている。つい最近まで自分が次世代と言われていたせいで、僕はなにも理解していなかった。僕になにかあっても、ノンノが助けてくれると甘く考えていたんだ。だが、ノンノも永遠に生きていられるわけじゃない」

彼女が心配そうな顔をした。「赤ちゃんがいたってあなたの代わりにはならないわ」

「たしかにそうだ。だが跡継ぎがいれば、まわりにいる味方が支えて守ろうとするだろう。〈カゼッラ・コーポレーション〉の後継者を指名するなら、僕は父ではなく君を選ぶ。君なら命をかけて会社を守り抜いてくれるだろうから」

感動したのか、モリーがまばたきをした。「そんなふうに思ってくれるのはうれしいけど……」

ジオはふたたび彼女の手を握った。

「モリー、跡継ぎをもうけるのは重要なことなんだ。だが、ラファエルにはそういう存在がいない」

彼女が息をのんだ。その横顔は不安そうだった。

知り合いが二人に近づいてきた。彼らは会場をめぐって人々と交流しなければならなかった。しかしモリーがずっと黙りこくっているのを見て、ジオは少しすると帰ろうと促した。

9

「今日の会議には僕一人で行ってくる」翌朝、朝食に現れたモリーにジオは言った。どちらも忙しいうえにラファエルが事故で怪我《けが》をしたため、契約書へのサインは日曜日に変更せざるをえなかった。「君はもう少し眠るといい。ろくに寝ていないだろう」

「あなたの睡眠のじゃまをした？　別々のベッドを使えばよかったわね」ホテルに戻るまでモリーはずっと頭が痛かった。ベッドでは寝返りを打たないようにしてずっと起きていた。ジオに眠れない理由をきかれて部屋を出ていこうとしたら、彼に抱きしめられた。

ジオの腕の中にいると、不安でいっぱいの心がなぐさめられた。胎児のかすかな鼓動を感じるうち、高揚感とみじめな気持ちを同時に覚えて枕に突っぷして泣きたくなった。

サーシャは、赤ちゃんがどんどん成長していると知りたがるかしら？　でも彼女は私を覚えていなかった！　私が二人の赤ちゃんを身ごもっていることも。十一年前にリビーを産んだことさえ忘れてしまったのかしら？

リビーを忘れたと思うと、胸が張り裂けそうになった。妹は知らないとはいえ、悲劇ではある。母も愕然《がくぜん》とするに違いない。

サーシャ自身にとっても悲劇だ。記憶を失ったのは彼女の防衛本能が働いたからなのかもしれない。それなら不妊治療に失敗して打ちのめされた過去も忘れることができているのだろうか？　私の妊娠を知ったときは心から喜んでいたけれど……。

「疲れた顔だ。心配だよ」ジオが言った。

「会議に出るだけだから大丈夫」モリーはつぶやいた。ラファエルともう一度顔を合わせ、なにも知らないふりをするのはむずかしすぎた。「シャワーを浴びて化粧をすれば、ましになると思うわ」

「眠れなかった理由が昨日、パーティに行く前に僕に言ったことと関係あるなら――」

「ああ、やめて」モリーは子供のように両手で顔をおおった。あのときは心の内を赤裸々にさらけ出したあと、ジオがなにか言ってくれるのか、あるいはなにも言わないのかを知りたくて神経をとがらせていた。

その拷問に近い状態はサーシャとラファエルとの再会や、ラファエルの立場がいかに不安定かというジオの話で少し薄らいだ。それでも、やるせない気持ちは胸の奥でうずきつづけていた。

「モリー」ジオは彼女の手を取り、指をからませて自分を見るよう促した。「僕が感情表現を苦手としているのは子供時代が原因なんだ。祖父が純粋に孫を気にかけてくれていると理解するには長い時間がかかった。ずっと人に執着してはならないと思い知らされてきたからだ。親切にしてくれた数少ない人も必ずいなくなった」

モリーはジオの手を握り、心配以上の感情を求めて彼の表情をさぐった。思いやり、いたわり、ジオが彼女の愛に応えているとわかるなにかをさがす。

「君からあの言葉を聞いて……」ジオの顔は苦悶《くもん》にゆがんでいたが、目には炎が燃え盛っていた。「君が軽々しくあんなことを言う人でないのはわかっている。僕にとっては大きな意味があるよ」

ジオは誠意をこめて言っていた。それでも切望していた言葉に比べれば、あまりにももの足りなかった。モリーの唇は震えはじめ、目には涙がこみあげ、苦しみがつのった。

そのとき、ザモス夫妻が事故にあって以来、命綱のように持ち歩いている携帯電話にメールの着信があった。

「リビーにしては時間が早いんじゃないか」ジオが携帯電話の画面に目をやるモリーに言った。

〈話したいことがある。R〉

「なにかあったのか?」彼が鋭く尋ねた。

「なんでもないわ。母からだった。あなたが会議に出ている間、私はここにいるわね」彼女はラファエルに、ジオが出かけたら来てほしいとメールを送った。顔を上げるためには勇気が必要だった。「あなたがかまわなければ」

ジオは眉をひそめてモリーの言葉について考えていたが、無言のままぎこちなくうなずいた。

ジオが一時間後に出かけるとモリーはラファエルにそれを知らせ、急いでパジャマから花柄のレギンスとベルトつきのシャツワンピースに着替えた。

待つ間は不安でしかたなかった。

部屋の電話が鳴り、出るとコンシェルジュからだった。「ミスター・ラファエル・ザモスがいらしていますが、お会いになりますか?」

「ありがとう。お通ししてくれる?」

ラファエルが現れるなり、挨拶もせずに切り出す。

「早かったのね」

「ジオが出かけるのを車の中で待っていたからね」

松葉杖《づえ》をつく彼はモリーよりも顔色が悪く、脚が痛むのか眉をひそめていた。それでもとてもハンサムで、ジオとの会議に備えてスーツを着ていた。

「時間がないわ」彼女は言った。「サーシャは本当に記憶を失っているの?」

「ああ、まさに悪夢だよ」ラファエルが片方の松葉杖に寄りかかって眉間をつまんだ。「ゆうべは君に会えばなにか思い出すんじゃないかと期待していたんだ。もっと早く話すべきだった。そうしたかったんだが、あまりに——」

「大丈夫、いろいろ大変だったと思うもの」

「何度も手術を受け、鎮痛剤が手放せないせいで仕事もままならなくてね。いや、僕のことはいいんだ。君は元気かい? 赤ん坊は順調かな?」

「ええ」モリーはおなかに手をあてた。「私もこの子も元気よ。ジオも私の妊娠を知っているの」

「話したのか? どうして? なぜ婚約した?」

「つわりに気づかれたの」彼女は憤慨した声をあげた。「それから、あなたたちが事故に遭ったと聞いて気を失って。あなたたちがどうなったのかわからなかったんだもの! ジオとはいろいろあったのよ。彼には私が必要だった」そうなの? 自分を愛していない男性と一緒にいる口実に、オットリーノの病気を利用しているだけじゃない?「でもジオはすべてを知っているわけじゃないわ」それはラファエルも同じだ。彼は、サーシャがリビーの実母だと知らない。サーシャの記憶喪失がもたらしたものを考えると、目に苦悩の涙が浮かんだ。「ラファエル、私たちはこれからどうなるの？」

「わからない。赤ん坊が生まれるとアレクサンドラには言ったんだが――」

小さな電子音が聞こえたかと思うと、ドアが開け放たれた。現れたジオは、決定的な不倫現場を目撃したというように険悪な表情をしていた。

モリーの顔から血の気が引いた。自分の体を抱きしめ、なんとか口を開く。「ど、どうして戻ってきたの？」

「渋滞がひどくて運転手が車をUターンさせたとき、松葉杖をついた男がこのホテルに入っていくのが見えたんだ。だから父親が誰なのか言わなかったのか？　相手の男が結婚しているから？」

「いいえ」モリーは手を上げた。「ラファエル、説明してあげて」

「結構だ」ジオが冷たく言った。「それより帰って別の交渉相手をさがしたほうがいいぞ。僕は取り引きから手を引く」彼が一歩進み出た。「そうすればとんでもない打撃になるはずだ。今度、妻を裏切るときはよく考えることだな」

ラファエルが鋭く悪態をついてなにか話し出した。しかし、ジオがさらに大きな声で続けた。

「それにモリー、君は本当のことを言えばよかったんだ。僕は、赤ん坊の父親が既婚者かどうかきいた。そうだとしても責めたりしないとも言った。まだラファエルとつき合っていて、隠れて会っていたんだろう？　そのときも祖父からもらった指輪をつけていたのか？　許されない行為だ」彼が手を出した。

「私には本当のことが言えなかったの」指輪を抜こうとしながら、モリーは吐きそうだった。指は朝からむくんでいたので痛いだけだった。「秘密保持契約書にサインしていたから。事情を教えてあげて、ラファエル」

ラファエルの手は松葉杖を握りしめ、花崗岩《かこうがん》から削り出されたような顔はジオに軽蔑のまなざしを向けていた。「君の言うとおり、彼女が身ごもっている赤ん坊は僕の子だ」彼が歯を食いしばって告げた。

その言葉がナイフとなって胸を突いたように、ジオが大きく息を吸った。

「そして、僕の妻の子でもある」

衝撃的な発言に混乱し、ジオが眉根を寄せた。

「私は代理母なの」モリーはまだ指輪と格闘しつつはっきりと言った。やっと真実を話せた。「受精卵は体外受精で移植されたから、ラファエルとベッドをともにしたことはないわ。おなかの子の父親とはつき合っていないと言ったでしょう」

ジオが驚いた顔で二人を交互に見た。

「妻にも確認してもらえたらいいんだが、記憶を失っているからね」ラファエルが苦笑いした。「ロンドンの専門医の言葉があればじゅうぶんかな？」

「どうして代理母を頼んだ？」

サーシャが十代の出産が原因で不妊症になったことを告白しなくてすむよう、モリーは話を考えていた。この期に及んでもサーシャと自分の本当の関係は明かせなかった。「母が助産師なのは知っているでしょう？　妊娠した女性がどれだけ大変か私はずっと見てきて胸を痛めていたの」真実に近い内容でも話すのはとてもむずかしかった。「それに私はリビーととても仲がいい。父は私の大学資金は出してくれたけど、リビーの父親じゃないから、妹の将来は母一人の肩にかかってる。あの子にも私が与えられたものをあげたかったの」

とはいえ、リビーにはすでにモリー以上の財産があった。一定の年齢になったら利用できるよう、仲介業者を通じて信託財産が設定されていたが、そのことはモリーとパトリシアしか知らなかった。

「君は金のためにこんなことをしたのか？」ジオは、母親が自分にキスをしようとしたときと同じ反応をした。「昇給が必要なら、言えばよかったのに」

「私のためじゃなかったから」モリーは、ジオが心を閉ざしたのがわかった。

「モリーはキャリアを築く時間を奪われ、体に大きな負担をかかえる」ラファエルが指摘した。「プロのアスリートは自分の体を管理し、結果を出すためにあらゆる努力をして報酬を得る。なぜ彼女が同じように報酬を得てはだめなんだ？」

ジオが低い声で言った。「赤ん坊を九カ月も身ごもって、見ず知らずの人に差し出すんだぞ？」

見ず知らずなんかじゃない。サーシャは家族だ。けれど、モリーには言えなかった。これこそ恐れていた事態だった。ジオは私を正しい目で判断していると思っている。でも、本当は誤解しているのだ。

「取り引きはやめよう。僕はかまわない」ラファエルが険しい顔で言った。「そうしたいなら僕を破滅させればいい。だがアレクサンドラにはなにもしないでくれ。妻は自分にできる唯一の方法で赤ん坊を授かろうとしただけなんだ」

モリーの目に涙が浮かんだ。かわいそうなサーシャ。あの日クルーザーで二人きりで話したとき、彼女は深く悲しみ、過酷な現実に打ちのめされていた。

「モリーも責めるのはやめてほしい。君のような人は、こういう富を生まれながらに得ている」ラファエルが豪華な居間に軽蔑した視線を送った。「だから、上をめざすためにどんなことでもしなければならない人間がいる現実が理解できないんだ。彼女のおなかの子に罪はない。もし君が僕の子に危害を加えるなら、ただではおかないぞ」

侮辱されてジオの頬が赤黒く染まった。

部屋にみなぎる緊迫感に、モリーは息をするのもやっとだった。「ジオは私やこの子を傷つけたりしないわ。どんなに怒っても、赤ちゃんに報復なんてしない。絶対に」

「君の擁護はいらない」ジオが言った。

「ここにいるのは危険だ」ラファエルが厳しい口調で言った。「荷物を持って」

モリーの心臓がとまった。「でも――」

「アレクサンドラと島の別荘に来てほしい。彼女は母親になる心構えをしなくては」

「彼女はこの子を望んでいないの？」モリーは尋ねた。

「僕は望んでいる」ラファエルが強い口調で答え、手で顔をこすった。「妻に時間をあげてほしい」声には絶望がにじんでいた。

モリーは胸が苦しくなった。頭の中には愛する我が子に別れを告げる決意を固めた十代のサーシャの姿が浮かんでいた。別れがつらすぎた彼女はそれ以降、娘の話を聞きたがらなかった。

ジオは花崗岩でできているみたいに見えた。顔には怒りと憤りと不信感がありありと表れている。その根底には耐えがたい痛みがあった。

〝ずっと人に執着してはならないと思い知らされてきたからだ。親切にしてくれた数少ない人も必ずいなくなった〟

「あなたとは結婚できないと、一緒にはいられないと私は言った」モリーはそう言って理解を求めた。「妊娠しているから無理だって。でも……」あなたを愛している、とは言った。「できるだけ本当のことを話したわ」

しかし、ジオは顔をそむけた。

モリーはテーブルの上のバターを使ってようやく指輪をはずした。指輪を受け取ってもらうためには、ジオの手を取らなければならなかった。

「モリーはどこだ？」ジオを見たオットリーノは開

口一番そう質問した。

「いなくなりました」ジオはきっぱりと答えた。

「結婚もしません」

ジオはまだショックを受けて呆然《ぼうぜん》としていた。そして悲惨な幼少期をのりきる役に立った、無関心を貫こうとしていた。

愛しているというモリーの言葉を僕は信じていたが、そのときの彼女はザモス夫妻に会いに行く前だった。つまり、まだ途方もない秘密をかかえていたのだ。いったい今までモリーが言ったどの言葉を信じればいいんだ？

彼女はラファエルの子を身ごもっていた。だが、その子は実は彼女の子ではなかった。

モリーの愛の告白も、母親と同じで僕を操るのが目的だったのか？

そこまで考えて、ジオははっとした。真実が明らかになってよかった。僕の人生はふたたび単純明快になったのだ。殺風景で空虚ではあるが。

「僕は嘘《うそ》をついていました。モリーは本当にただの秘書だったんです。ここへ来たとき、お祖父《ノンノ》さんが心配で結婚するふりをするように頼んだんですよ」

「知っているよ」

ジオは祖父をさっと見た。オットリーノはまだ療養中で、外出はできなかったが顔色はだいぶよくなり、毎日服も着替えていた。食欲もあり、今は庭のベンチに座って午後の日光浴をしていた。

「私は病気なだけで、頭はしっかりしている」オットリーノがいらだたしげに言った。

「彼女を手放すなと言ったじゃないですか」

「言ったとも。なのに、どうして手放した？」

「それは——」ジオはうなじに手をやり、モリーの妊娠をぶちまけたい衝動を抑えつけた。ラファエルからは記憶喪失の妻や無力な赤ん坊を攻撃するなと警告された。だがモリーは、僕がそんなことをするわけがないと断言した。ラファエルと一緒にいるところを見た瞬間は激怒していたから、彼女をさげすみ、取り返しのつかないことを言いそうになった。

苦痛がショック状態を打ち負かそうとしていた。ラファエルがホテルに入っていくのを見て疑いが芽生えてから、モリーが荷物をまとめて出ていくまでの二十分間で僕の世界は一変してしまった。

「それは、なんだ？」祖父が促した。

「モリーは僕が思っていたような女性じゃありませんでした。両親と同じで、金がすべてだった」

「ふん」祖父は信じなかった。「指輪とネックレスは？彼女が持っていったのか？」

「いいえ」モリーは家宝の指輪を返したどころか、ジオが与えたものをなに一つ持っていかず、彼は侮辱を感じていた。ノートパソコン用のバッグに押しこんだ電子機器は彼女のものだった。それ以外の宝石も服も、会社支給のタブレットも携帯電話も部屋に残されていた。IDカードも。

どうやら彼女は僕からなにかもらうより、ラファエルに支えてもらいたいと思っているようだ。

「僕はモリーがいい母親になると思っていましたが、彼女は僕と家族をつくることに興味がなかったんです」モリーはきっと情にほだされたに違いない。彼女の体、彼女の選択ではあっても、金のために妊娠するのは常軌を逸しているとしか思えない。

あることに気づいて、ジオは顔を平手打ちされたような衝撃を受けた。僕はモリーをよく知らない。生い立ちや、なぜ妊娠したのかもきかなかった。

本当にラファエルの言ったとおりだったのか？そうは思えない。彼女は順調に出世していた。ヴァレンティーナの下で働くのも給料にも満足していた。

しかし給料の額を考えると、モリーのフラットの質素さは衝撃的だった。会社から近い建物自体は高級だった。彼女によると、母に仕送りをするために生活費を切りつめたいということらしい。〝いつか実家は私のものになるから、住宅ローンの返済を手伝っているの。不動産はいい投資だから〟

「おまえは勘違いしているぞ、ジオ」オットリーノがたしなめた。「モリーは家族をとても大切にしている。母親や妹とも仲がいい。それに命を賭けてもいいが、おまえに恋をしている」

たしかに彼女は愛していると言ったが、それでも僕といるよりほかの男と出ていくほうを選んだ。ののしりの言葉が口から出かかった。もしモリーが僕を愛しているなら、その気持ちが真実なら、正直でいてほしかった。振り返りもせず出ていかないでほしかった。

いや、モリーは振り返ったのかもしれない。だが去っていく彼女を見たくなくて、僕はさっさと背を向けてしまった。

「おまえはモリーに婚約を迫った。私も結婚を迫った」祖父が重いため息をついた。「思ったんだよ、もし彼女がおまえと結ばれたら、おまえは心を開くんじゃないかと。女性は男の心が自分にあると知って安心したがるものだ。愛なしで生きるには人生は長すぎるから」

「僕は愛なしで生きてきました。それも悪くないですよ」

重苦しい静寂が訪れ、花の中にいた蜂も飛ぶのをやめた。

「おまえを愛しているよ、ジオ」祖父の目に涙が浮かんだ。「孫が生まれると知ったときからずっとね。それを伝えなかったのは間違いだった。おまえは誰にも愛されていないと長い間信じていたんだから。その十字架を私は死ぬまで背負っていく。だがモリーに心を閉ざすのはやめてほしい。怒ったり傷ついたりしたからといって、おまえを苦しめた無関心を彼女に味わわさないでくれ」

「モリーなら大丈夫ですよ。母親と妹がいます」

しかし、おなかの子は彼女の子ではなかった。

あの子をどうやってあきらめるのだろう？　ジオはその疑問に心底頭を悩ませていた。モリーが母親と妹を大切にしているのはまぎれもない事実だ。おなかを撫《な》でる彼女の表情はやさしく、手つきには期待がこもっていた。代理母になった理由に納得していれば、愛情を抱いていると言ったはずだ。

あれほど大切に育んでいる赤ん坊からどうして離れられると、モリーは思ったのだろう？　なぜこんなにつらい試練を自分に課した？

「去っていったのは僕じゃありません。彼女が話をしたいのなら、連絡する方法は知っています」

ジオは屋内に戻り、モリーを忘れようとしたが、数日たっても数週間たっても彼女を思い出すのはやめられなかった。ニューヨーク支社を訪れたときには、モリーの母親と妹に近い場所にいるのを意識せずにいられなかった。次の機会があれば会いに行ってみよう。

数日なにもしない時間を過ごしたあと、ジオは出張を前倒ししようとひたすら働いた。窓からはるか下を見ると、女性が赤ん坊を乗せたベビーカーを押していた。モリーは妊娠何カ月だったのだろう？　彼女は元気なのか？　心配でたまらない。

まったく！　ザモス夫妻が自動車事故にあったと話したとき、モリーがショックで気を失ったのも無理はない。もし彼らが命を落としていたら？　そうなったら僕にすべてを打ち明けてくれただろうか？　まだ僕と婚約していた？

ザモス夫妻の死を願ったわけではなかった。ラファエルとの交渉は保留にしただけで手を引いてはいなかった。ラファエルもなにもしていなかった。

ある夜、あれこれ考えながら部屋を歩きまわっている自分に気づいて、ジオは衝動的にモリーの母親にメールを送った。

〈お話ししたいことがあります〉

返信はすぐにきた。

〈明日なら。リビーは学校に行っているから〉

会ってもいいという意思を示され、ジオは驚いたものの、〝では明日行きます〟と返した。ビデオ通話でできる話なら、とっくにそうしていた。

翌朝はニュージャージー州へ向かい、田舎道を進んで傾斜のある短い私道をのぼった。芝生は刈ってあったが、家のまわりには森と灌木《かんぼく》が生い茂っていた。庭は草取りが必要だったものの、緑が豊かだった。家は質素な一方で趣があり、ポーチは切妻造りで、玄関ドアの横には花の植木鉢が並べられていた。

「ジオ」パトリシアはノックされる前にドアを開けた。「入って。コーヒーをいれたところなの。座ってちょうだい」彼女はテレビに面したふかふかの青いソファを手で示した。

彼は突っ立ったまま、暖炉の横の書斎に目をやった。床から天井まである本棚におさまっているのは小説や医学書のようだ。

「砂糖とミルクは？」パトリシアがキッチンから声をかけた。

「ブラックでお願いします」

しばらくして、彼女がジオのためのマグカップをコーヒーテーブルに置いた。モリーが年齢を重ねたような女性はブルネットの髪に白いものがまじっていて、動きやすいジーンズとTシャツという格好だった。そしてデスクの椅子をソファの横へ引っぱってきた。「座って私のぶんを飲んでいいかしら？」パトリシアが椅子に腰を下ろした。「ゆうべは遅い時間に出産があって数時間しか寝ていないの」

「言ってくれれば別の日にしたんですが」

「本気で言ってる？」彼女がコーヒーを口に運びながら尋ねた。

「いいえ。お疲れのところ、会ってくれてありがとうございます。モリーは元気ですか？」

「私は守秘義務をとても大切に考えているの」パトリシアがマグカップを下ろした。「でも安心して。モリーの健康に問題はないわ」

ジオはその言葉に飛びついた。「でも、心配はしているでしょう？」

「娘はとても大切な関係に終止符を打ったばかりなの。今はとても複雑な状況にあって、家に帰るのが気まずいのよ。ここにいてくれたらチキンスープをのませたり、一緒に映画を見たりできるのに」

「あなたは代理母の件を知っていたんですか？」

「私も秘密保持契約書にサインしているの。でも、モリーにカウンセリングはしたわ。娘は軽い気持ちで決めたわけじゃないのよ」

「そうであるよう祈ります」ジオは部屋を歩き出した。本棚のない壁には写真が飾られていた。そのうちの一枚には、パトリシアの腕に抱かれた幼いモリーが写っていた。もう一枚は欠けた前歯を見せて大きく笑うモリーの写真だ。十一歳か十二歳で賞を取ったときの写真や、ドレスを着た写真もある。リビーに哺乳瓶のミルクを誇らしげに与えているモリーの写真もあった。

「お祖父《じい》さまの具合はいかが？」パトリシアがきいた。

「だいぶよくなりました」ジオはぼんやりと写真を見ながら答えた。

「だから私に会いたかったの？　私がモリーのしていることを認めているかどうか知りたかったの？」

「はい」彼は振り向いた。

「状況を考えればあなたとの婚約はどうかと思ったけど、モリーはやさしい子だからお祖父さまの気を楽にしてあげたかったのね。それが手に負えなくなったんだわ」

「わかっています。僕は彼女を追いつめてしまった。どうしてそんなふうに思ったの？」リビーを？　まさか！　どうしてそんな代理母のことを話せなかったのは当然なのに。わからないのはモリーがなぜ承知したかです。彼女は僕が知っている中でもっとも金に興味がない人だし、貧困も理由じゃない。モリーはリビーのためだと言っていました。大学の学費を払ってあなたや父親がモリーに与えたチャンスを与えたいと」

パトリシアが青ざめ、マグカップに視線を落とした。

「違うんですか？」ジオは問いただした。

「リビーのためにモリーのときほどのお金が用意できていないのは事実よ。さっきも言ったけど、モリーはやさしい子だから、リビーにも自分と同じものを与えてあげたかったんでしょうね」

それは言い逃れに聞こえた。パトリシアはこちらを見ようとせず、彼は途方にくれた。疑わしい。

「モリーが彼女を産んだんですか？」

「誰を？　リビーを？　まさか！　どうしてそんなふうに思ったの？」

「わけがわからないからですよ！」ジオは、モリーがロンドンのフラットに飾っていたような刺繍《ししゅう》を見つけた。作品は二つあった。一つは亀で、かなり不格好だった。もう一つは蜂鳥で、美しい技巧が凝らされている。亀にはリビー、蜂鳥にはモリーの名前があった。隣には姉妹の最近の写真が飾られていた。二人は川を見おろす岩に座っていた。

日差しがリビーのブロンドの髪を照らしている。十一歳の少女はもの思いにふけりながら、水面に反射する光に目を細めていた。

ジオは既視感《デジャ・ビュ》を覚えた。女性の声が聞こえる。

〝ここの明かりは好きじゃないの。頭が痛くなるのよ〟

昨年の十一月、クルーザーで耳にした声には強い恐怖がにじんでいた。〝なにしに来たの？〟

　クルーザーでモリーが震えていたのは、注目の的になって緊張したせいだと思っていた。だが、二人は互いを知っていたのだ。だから、アレクサンドラはモリーを朝食に誘ったのだろう。あのときは甘やかされた社交界のセレブの気まぐれだと思ったが。

　刺繍、リビーの写真。モリーのフラットにも似たような刺繍があった。そこに記された名前は……。

「サーシャとは誰なんですか？」ジオは振り返った。

「えっ？」パトリシアの顔から血の気が引いた。

「サーシャはアレクサンドラの愛称ですよね？」

〝妻は自分にできる唯一の方法で赤ん坊を授かろうとしただけなんだ〟〝モリーはやさしい子だから〟

「だから、モリーは代理母を引き受けたんですね」ジオは真実に気づいて言った。「自分の妹の母親に子供を抱かせてあげたくて」

10

　パトリシアに会ってから二カ月がたった。

　それまでのジオは毎日頭に霧がかった状態で、灰色の世界を生きている気分だった。だがパトリシアと会い、モリーが代理母になると決めた本当の理由を知ってから事態は変わった。頭の霧は晴れたものの、つらくて苦しいのは変わらなかった。なぜなのかはわからなかった。たぶん、モリーの動機が金だと思っていたときは価値観の違いだと納得できていたからだろう。自分が惹《ひ》かれたモリーの魅力など、ただの誤解だったのだと。

　しかし今は、誤解ではなかったとわかっていた。彼女は友人のために妊娠したという秘密を必死に守っていた。ジオと結婚できないと言ったのも、本心からの言葉だった。彼を愛していると言ったのも。

だが、モリーは去っていった。

彼女がいない苦しみは新しい経験であると同時に、つらいほど記憶にあるものだった。ジオには今の状況が耐えられなかった。許せなかった。最悪だ。

祖父のそばにいるため、彼はジェノヴァにとどまっていた。同じ理由から出張も控えていたが、それ以外はモリーと出会う前の生活に戻った。チャリティイベントに出席したり、女性をデートに誘おうとしたりもした。誰とも関係を持つ気はなかったが、前へ進んでいると思いたかった。

モリーのことは過去の一ページだと――いや、一ページどころか脚注にすぎないと自分に言い聞かせていた。

「シニョーレ、弁護士がまたアテネの件はなくなったかどうか尋ねてきました」ネロがおそるおそる切り出した。

「またか」ジオは声を荒らげた。過去を思い出させるその言葉は聞きたくなかった。「ザモスと会う段取りを頼む。その際、交渉はしない、こちらの最後の申し出を受けるか受けないかだと伝えてくれ」

二日後、ジオのオフィスに現れたラファエルは足を引きずっていなかった。そして一人だった。

「弁護士も秘書もなしか?」ジオはネロを下がらせ、ドアを閉めてラファエルと二人だけになった。

「弁護士にはすべてに目を通してもらった。二人ともこのパートナー契約を結びたいのはわかっている。それに君が僕の事情を知っていることを考えれば、僕に交渉の余地はない」腰を下ろそうともせず、ラファエルが部屋の真ん中に立ったまま言った。

「君を脅すつもりはない。交渉は君の事故が起こる前から誠意をもって行われていた」

だがジオは、アレクサンドラについてラファエルが知らないことを知っていた。一方、ラファエルもジオが知らないことを知っていた。

おそらく、ラファエルは毎日モリーに会っているのだろう。ジオは彼を憎もうとしたができなかった。

〝もし君が僕の子に危害を加えるなら、ただではおかないぞ〟

ラファエルは生まれてくる子供を守り、モリーのためにも闘った。ジオはそんな彼を尊敬していた。

「契約書にサインしたら失礼するよ」ラファエルが低い声で言った。

ジオは立ちあがり、二人は小さなテーブルで向かい合った。ラファエルが契約書のフォルダーを開き、無言でサインを書き入れる。

内心ほっとしていても、ラファエルはおくびにも出さなかった。これで資金繰りに問題はなくなり、ジオという後ろ盾があると投資家たちにも強い態度に出られる。またラファエルの会社への攻撃はジオの会社への攻撃にもなるから、たいていの人には二の足を踏む理由になるはずだ。

「彼女なら元気だ」ラファエルが立ちあがり、契約書をブリーフケースにおさめながら言った。

「僕はなにもきいていない」

「わかっている。君が彼女を真剣に思っているのか、自分の目的のために利用しているだけなのか知りたかったんだ。答えはわかった」

「僕が彼女を利用していると？」ジオは憤慨した。

「僕なら元気かどうか気にしたからね」

自分もだとジオは叫びたかったが、声が出なかった。気にはしていた。痛いくらいに。これがモリーに愛され、彼女を手に入れたあとで失うという結果なのだとしたら恐ろしすぎた。これからも同じことになる可能性は否定できない。それなら手足をもがれたようなこの感覚をなんとか癒やし、過去を忘れたほうがましだった。

母親からジオが訪ねてきたと聞いて以来、モリーは何週間も緊張しどおしだった。

〝サーシャの話は私がしていいことじゃないと、ジオには言ったわ。リビーの生みの母親の名前を、彼がリビーやほかの人に明かしていいわけでもないと。でも、彼がどうするかはわからない〟

モリーはサーシャにすべてを伝えた。サーシャはまだ頭痛に悩まされていた。彼女の両親は娘を困らせ、ラファエルとの結婚生活は問題だらけだった。

アテネの南にある島の別荘でモリーと二人きりになったとき、サーシャは打ち明けた。〝私、本当は記憶喪失なんかじゃないの、モリー〟

〝なんですって？　どうして記憶喪失のふりなんかしたの？〟モリーは叫んだ。

〝とっさにそう言っちゃったのよ！　病室から両親を追い出したくて。私の人生からも。同じ方法でラファエルとの問題も避けようとしたら、こんな顛末《てんまつ》になっちゃったの〟サーシャが力なく手を振った。

〝あなたにメールしたくても、ラファエルに真実を知られてしまうと思うとできなかった。お願い、彼には言わないで〟

モリーはうめいた。〝私はあなたの味方よ。でもこういうことは雪だるま式に大きくなって手に負えなくなる。早く告白すれば早く乗り越えられるわ〟

〝わかってる。だけど……〟親友が涙ぐんだ。

同情がこみあげ、モリーはサーシャの行動を責められなかった。〝一つきいてもいい？　私のおなかの子を欲しいと思ってる？〟

〝もちろんよ！〟サーシャの目に新たな涙がにじんだ。〝でも怖いの。ひどい母親になりそうで〟

〝まさか。あなたならすばらしい母親になるわ〟

〝そんなこと、わからないでしょう〟

〝わかるわよ。信じているもの〟二人は抱き合った。

〝でも、今はちょっと休みましょう〟

モリーの妊娠とサーシャの脳震盪《のうしんとう》を診るために週に一度やってくる看護師を除けば、古い別荘跡に建てられた現代的な建物にいるのはほとんど二人だけだった。庭はハイビスカスと藤の花におおわれた石の塀に囲まれ、隅には香りのいいタイムとセージが生い茂り、別荘の白い壁沿いには鮮やかなピンクのブーゲンビリアが咲いていた。

建物の裏にまわるとトマト、ピーマン、ナス、ハーブが育つ家庭菜園があった。アーチ型の門の向こうには丘と麦畑、無花果《いちじく》や葡萄《ぶどう》をはじめとする果樹の列が広がっていた。

朝、二人はオリーブ畑や何エーカーもある葡萄畑を歩きまわり、静謐《せいひつ》な雰囲気とエーゲ海の息をのむような眺めを楽しんだ。そのあとはプールがあるテラスで朝食をとり、暑くなると泳いだ。午後は昼寝をし、夜はサーシャの頭痛しだいで読書をしたりテレビを見たりした。なにもしない夜もあった。

まるで十代のサーシャと一緒に暮らしていたころに戻ったみたいだった。おなかの赤ん坊が成長する間、二人はジグソーパズルや〝やりたいことリスト〟を作って楽しんだ。

サーシャは夫の話をしたがらないのに、モリーにはリビーの話をさせた。モリーはときどきジオの話もした。別れて心はずたずただったが、会いたくてたまらず、彼と生きていく人生もあった気がして後悔に苦しんでいた。

それでも妊娠自体は後悔していなかった。別荘に来て数週間でおなかは大きくなり、赤ん坊が蹴るたびにサーシャは目にうれし涙を浮かべた。毎週、看護師が帰るたび、サーシャは言った。「ありがとう、モリー」

ありがたいことに、ラファエルは数週間アジアに出張していた。彼はサーシャと話す一方で、モリー

「なんで私たちばかり泣くの？　殺し屋でも雇ってみる？　私、お金ならあるし、刑務所に入れられても気にしないわ」

モリーははなをかみながら笑った。サーシャが彼女の横に座り、肩と肩をくっつけた。

「いい考えがある。ドアに〝男子禁制〟のプレートをかけましょうよ。そうすれば私たち二人だけで赤ちゃんを育てられるわ」

「すごくすてき」モリーは正直に言った。それでも、〝リビーも一緒じゃだめ？〟とはきけなかった。

サーシャは少しずつ元気を取り戻していた。最近はロンドンのカウンセラーとビデオ通話でまた話をしているらしく、昨日は〝リビーにきょうだいができると知らせたいんだけど、ラファエルにどう伝えたらいいかわからないの〟と打ち明けた。そしてモリーに、出産後に赤ん坊と離れる心境を尋ねた。精神的につらくなると予想していたけれど、サーシャにも妻について尋ねた。しかしサーシャが記憶喪失のふりをしていると知っていたから、モリーは気まずかった。

ある日、モリーはサーシャに言った。「もしあなたたち夫婦の間に愛がないとわかっていたら、代理母を引き受けなかったかもしれないわ」

「私は彼に恋してるの」サーシャが言った。「でも彼は――」

言葉を切った親友を見て、モリーは自分が判断する立場ではないと気づいた。愛してくれない男性への恋がどんなものかなら知っていた。とてもよく。

けれど妊娠二十週目というすべてが薔薇《ばら》色に見えるはずの時期に、モリーはソファで泣いているところをサーシャに見つかった。「泣くのは一度に一人だけっていう約束だったわよね？」

「あなたの番だった？　気づかなくて」モリーはティッシュを数枚取って涙をふこうとした。

シャと再会して出産後も関係が続くなら、その不安はどうにかなりそうだった。サーシャは当初から、モリーにはおばみたいな存在でいてほしいと言ってくれた。おかげで出産した赤ん坊を手放す悲しみはだいぶ軽くすみそうだった。サーシャはリビーにも赤ん坊の存在を伝えたがっている。

とはいえ、モリーの胸のむなしさは消えなかった。前の職場には戻れないだろう。新しい仕事をさがす間は母やリビーと暮らす予定だったけれど、そうしても寂しいのはわかっていた。ジオがいないからだ。

「もしジオが、あなたがリビーの母親で、あなたが私たち家族に与えてくれたものを私も与えたかっただけなんだと知ったら、なにか違ったかなと思うの。理解してもらえたかなと」彼女はしゃくりあげた。

「ああ、モリー。二人で泣きましょうよ」

「そうしたいけど、またトイレに行きたくなっちゃった」モリーはつらそうなため息をついて立ちあがった。

「ああ、大変だわ、モリー」

モリーは振り向いた。サーシャはソファについた真っ赤な血を恐怖の目で見つめていた。

ジオはニューヨーク支社で四半期ごとに開かれる会議に向かおうとした。そこへ秘書のアヴィゲイルがやってきて、引きつった顔で携帯電話を差し出した。「祖父のことか?」彼の胸が苦しくなった。

「違いますが、緊急らしいです。アレクサンドラ・ザモスからです」

ジオは驚きのあまり、心臓が口から飛び出しそうになった。どんなにモリーを忘れようとしてもできなかった。彼のもっとも冷徹で現実的な一部は、電話に出たら克服すべき弱みを克服できないと訴えたが、別の一部はモリーとどんな形でもつながりたいと望んでいた。

部屋を出たジオは電話に向かって言った。「アレクサンドラか？」

「モリーはアテネの病院にいるの」彼女は泣いているようだ。「出血があって。だから――」

「なにがあった？　彼女の母親には知らせたか？」

「いいえ。それで電話したの。パトリシアに知らせてほしくて。ラファエルには頼めないもの。夫は彼女と話したことがないし、そもそも存在も知らないし――」切羽つまった声はヘリコプターらしき音が大きくなるにつれてかき消された。「パトリシアに伝えて。リビーに全部話してと。私のことも」

もはやアレクサンドラは、過去に会った甘やかされた資産家令嬢ではなかった。彼女の苦悶《くもん》の声に、ジオは顔から血の気が引き、壁に寄りかかった。

「モリーと別れたあとでこんなことを頼むのは酷だと思うけど、ラファエルには――」

「わかった」ジオはモリーの母親とどう話をすればいいのか見当もつかなかった。モリーが助からなかったら、僕はどうやって口をきけばいいのか、呼吸すればいいのか、生きていけばいいのか？「なにかあったらまた知らせてくれ」そう言ったものの、相手に聞こえていたかどうかはわからなかった。

モリーは病院の薄暗い個室で目を覚ました。どうやら今は真夜中らしい。彼女は不安だった。

出血に気づいたあとは、ヘリコプターでアテネ本土の病院に搬送された。検査の結果、子宮は胎盤剥《はく》離《り》を起こしていた。今のところ胎児への酸素供給に問題はないが、モリーにはステロイドが投与され、胎児が少なくともあと二週間は発育できるよう絶対安静を言い渡された。早産になるのは確実で、おそらく二週間以内には出産になりそうだ。

おなかを触る手には点滴のチューブがつながっていた。胎児が無事なのはよかったけれど、まだ妊娠二十五週なのに。早すぎる。

「赤ん坊は大丈夫だ。君もね」窓際の暗がりからジオの静かな声が聞こえた。

心臓がはねあがった。彼の顔を見ようとしたけれど、よくわからない。「いつ来たの？」どうして？

ジオが唇に指をあて、ソファを顎で示した。モリーが頭を上げると、妹が毛布をかぶって眠っていた。

「君のお母さんもいる」彼がささやき声で言った。「今はアレクサンドラと廊下にいるよ。リビーは長時間移動してきたし、いろいろあって今は眠っている。

ああ。それでも君を心配していた」

モリーは枕に頭を戻した。「二人を連れてきてくれてありがとう」小声で礼を述べた。

モリーの出血に気づいたとき、サーシャはまずラファエルに電話してヘリコプターを頼んだ。パニックに陥っていた彼女は、〝記憶なんて失ってない〟という言葉をはじめとして言わなくていいことばかり口走った。そして必然的かつ取り返しのつかない形で夫との関係修復を不可能にした。ラファエルが病院で会おうとだけ約束して電話を切ったので、サーシャはジオに連絡したのだった。

モリーは、ジオが母親と妹を連れてきてくれるとは想像もしていなかった。「本当にありがとう。母と妹にそばにいてほしかったの」唇を震わせて続ける。「いたくないなら、あなたは帰っていいのよ」

彼の頬が引きつった。「僕にいてほしくないなら、そう言ってくれ」

「いてほしいわ」かすれた声で訴える。

ジオが彼女の手を握ろうと手を伸ばしたとき、後ろで音がした。

「姉さん？」リビーが眠そうな声できいた。

「おはよう。今、目が覚めたわ。もう大丈夫」

少女が毛布をはねのけて体を起こすのを、ジオは一歩下がって見守った。

「よかった。だって私、姉さんにすごく怒ってるって言いたかったんだもの」リビーが告げた。

それから十日が過ぎた。その貴重な時間にモリーはベッドで横になったままリビーとトランプをしながら、これまで秘密にしていたことを打ち明けた。母はモリーの脈拍を計り、髪を整える合間に、電子書籍端末で次になにを読めばいいかアドバイスをくれた。

サーシャとラファエルには別々に会った。二人はどちらもモリーと赤ん坊を心配し、夫婦間の問題を口にすることはなかった。それはパトリシアが、モリーは安静にして血圧を下げなくてはいけないと強く言ったおかげだった。

リビーも生みの母親とあまり話をしていなかった。けれどある日、モリーに言った。「赤ちゃんが欲しいなら、なぜ私に会いに来なかったのかな？」不思議そうな声は傷ついているようでもあった。

ジオはモリーが毎朝最初に会い、毎夜最後に会う人だった。誰かが見舞いに来ると病室を出たが、遠くへは行かなかった。そして見舞い客が帰ると、仕事熱心な見張り番のように戻ってきた。オットリーノからだと言って花を持ってくることもあった。

「彼は私が入院している理由を知っているの？」入院四日目にモリーは気になってきいた。代理出産だということはまだ外部には秘密だった。サーシャは彼女の両親がこのことを知ってやってくるのを恐れていた。「体調はいかが？」

「昔に戻ったみたいだよ。祖父《ノンノ》は君が必要な治療を受けているとだけ知っている」

「仕事はどうしたの？　ずっとここにいるけど」

「しているよ」ジオが携帯電話をかざした。「ヴァレンティーナが君の補佐三人の監督をしている」

「ジオ……」答えを聞きたいのか迷ったすえに、モリーは口を開いた。「どうしてここにいるの？」

「もし僕が入院したら、君はどこにいる？」

彼が許してくれるなら、そばにいたい。愛しているから。それはつまり――。

「パトリシアから話を聞いただろう。僕は君を安静にさせておくためにいるんだ。さあ、眠るといい」

ジオが彼女の脚をそっとたたいて隅の椅子に移った。

数日後、アレクサンドラが帰ったあとで、ジオが言った。「あのクルーザーでのことをずっと考えていたんだ。アレクサンドラは君を見てひどく驚いていた。リビーを君たちに預けたあと、連絡を取っていなかったのか？」

「ええ。それがつらかったわ。でも、サーシャにとってもつらい時期だったの。記憶をなくしたふりをした彼女を責めないで。もし彼女と同じ目にあっていたら、私だってそうしたと思うわ」

「責めないよ」ジオが顔を引きつらせ、ズボンのポケットに手を突っこんだ。「飛行機でここへ来る間、パトリシアがリビーに、アレクサンドラの両親はとても裕福な権力者だと話しているのを耳にしたんだ。もし二人がリビーの存在を知ったらパトリシアから仕事を奪い、リビーの親権を取りあげるだろう」

「あの二人に親権は取れないわ。リビーの実父は養子縁組に同意して、信託財産まで与えてくれた。でも、騒動くらいなら起こせると思う。そうなったら母の仕事にも影響が出る。そこが問題なのよ」モリーは暗い声で言った。

「楽しそうな人物だな。両親に紹介してやりたいよ」ジオが軽蔑をこめて口を開いた。

「サーシャが初めてうちに来たとき、私は彼女が本当にうらやましかった。あなたと同じで、お金の心配なんてしたことがない人だったから。侮辱じゃないわ。でも知り合ううちに、心の底から不幸なのがわかった。サーシャは私に、必要なものがあればじゆうぶんなこと、自分を愛してくれる母親がいるのは幸運なんだと気づかせてくれたわ。だから、リビーを私と母に預けたの。自身では経験できなかった方法で私たちがリビーを愛すると知っていたから」

モリーの目に熱い涙が浮かんだ。

「そうか」ジオが彼女の腕を撫《な》でた。「僕に説明する義務はないよ。もし話すのがむずかしいなら、別の機会にしよう」

「いいえ、今まで言えなかったことだから、どうしても話しておきたいの」モリーは腕を撫でる彼の手に手を重ねた。「サーシャは大変な目にあったけど、赤ちゃんと自分に将来を見据えた最高のチャンスを与えることで問題を解決したんだと私は信じていた。でも、クルーザーにいた彼女は赤ちゃんが欲しいのに授かれなくてつらそうだったわ。私と母に貴重な贈り物をくれた彼女に、同じことをしたかった。そうせずにいられなかったのよ」

「その経緯を理解するにはとても苦労したよ」ジオが陰鬱な声で言った。「だから、金のためだったのかと思ったんだ」

「そうでしょうね」モリーは大きく唾をのみこんだ。「あなたに嘘《うそ》をつくのはいやだったわ」

「だが金めあてでは、僕が信じていた君の人物像には合わなかった。金が目的だったら、僕とすぐ結婚していただろうからね。君はとてもやさしい人だが、ノーと言えない弱い人じゃない。自分の判断を信じていいのかどうか、僕はずいぶん悩んだよ。それで、君のお母さんに会いに行ったんだ。なにかを見落としている気がしてならなかったからね」

でも真実を知ったあとも、ジオは私に会いに来なかった。それはなぜ？

そのときラファエルが見舞いに現れたので、ジオは病室から出ていった。

ラファエルは長居はしなかった。赤ん坊のようすをを尋ね、健康状態を確認すると、必要なものがあれば教えてほしいとモリーに言っただけだった。

「ラファエル、あなたとサーシャは大丈夫？」罪悪感に駆られて、モリーは思わずきいた。

「君は心配してはいけないと言われているじゃないか」彼が感情のこもらない声で注意した。「アレクサンドラと僕はこの子を心から望んでいる。子供にいい人生を与えるためならなんでもするつもりだよ。そこには僕たちの和解も含まれる。彼女の気持ちを代弁するわけじゃないが、妊娠で君に大きな負担をかけていることは、僕も申し訳なく思っている。どうやってうめ合わせをすればいいのかわからないくらいだ。死ぬまで罪の意識は消えないと思う」

こうして毎日のように会うまで、モリーはラファエルをよく知らなかった。彼は相変わらず超然としていたが、時おり感情を垣間見せることもあって、なぜサーシャが彼を好きになったのかわかる気がした。

病室を出たラファエルが廊下でジオと話しているのに、モリーは気づいた。〝君も大切にしているじゃないか〟そう言う彼の声がした。

ジオの返事は小さすぎて聞こえなかった。病室に戻ってきた彼はネロと電話で話していた。そこからは時間が飛ぶように過ぎていった。

次の十日間、モリーは人生が完全にとまってしまったみたいな感覚の中にいた。というより、おなかの子のことばかり考えて過ごした。

母子の体を考えて、医師は帝王切開による出産を決めた。モリーは手術を受けるための準備をし、みんなは彼女の病室につどった。モリーには全身麻酔が施されるため、誰も手術室に入ることは許されなかった。

「大丈夫だからね」サーシャが強い口調で言った。けれどその唇に色はなかった。

「この病院の医師たちは信用できるわ」パトリシアの言葉を聞いて、モリーは少し元気が出た。

リビーも涙を目にためながらほほえんだ。ラファエルの顔に感情はなかった。

モリーがストレッチャーで運ばれていくまでは、ジオも同じだった。「モリー！」廊下までついてきてストレッチャーをとめ、彼女の上にかがみこむ。頬を包みこむ彼の表情は苦しげだ。「必ず僕のところに戻ってきてくれ」

自分の力ではどうすることもできなかったけれど、モリーは約束した。「戻ってくるわ」

すると、ジオがモリーの乾いた唇に強く唇を押しつけた。ふたたび手術室に運ばれていく間、彼女の胸は高鳴っていた。

11

アティカス・ブルックス・ザモスは小さくても元気いっぱいだった。新生児集中治療室《NICU》で酸素吸入と点滴を受ける必要はあったが、肺は機能していたし、心臓にも問題はなかった。しばらく入院して注意深く見守ることにはなるが、早産児としては健康体で生まれていた。

モリーが車椅子で面会に行くと、赤ん坊は眉間にしわを寄せ、必死に生きようと泣いていて、彼女はこの子を生涯愛するだろうと思った。ラファエルが母子を守る狼《おおかみ》のように立つそばで、サーシャが痛々しいほど小さな赤ん坊を胸に抱いて揺らしながら〝愛してるわ〟とつぶやくのを見たときは、自分は正しいことをしたと確信した。

赤ん坊を奪われると思って気持ちが滅入《めい》ることはなかった。手術からの回復を見るために数日間入院し、アティカスに初乳は飲ませた。しかしそうしたのは母乳がよく出るようにしたかったためではなく、母とリビーと一緒にニュージャージー州に帰る途中で胸が張るのを避けるためだった。

そのせいでホルモンの働きが活発になり、退院の日には涙がとまらなくなった。アティカスを病院に置いていくのは後ろ髪を引かれる思いだったけれど、サーシャでさえまだ家に連れて帰れなかった。アティカスは数週間後の本当の出産予定日まで入院する予定だった。

「アパートメントに行きましょうか。近いのよ」車椅子に乗ったモリーを病院の出口まで運びながら、母がなぐさめるように言った。「そこからなら毎日赤ちゃんに会いに行けるわ」

「ママたちはホテルにいるんじゃなかったの？」わけがわからず、モリーはきいた。

「ここに来て二日目に、ジオがそこのペントハウスを使うよう言ってくれたのよ。近いし、プールもあるし、リビーも気に入ってるわ。私はずうずうしいと思ったけど、彼に説得されて」母が苦笑した。

「ああ、ママたちは彼に会ったのね」モリーは明るく言った。でもアテネにいるのに、私には会いに来てくれない。いいえ、本当にアテネにいるの？　それとも私が無事出産し、快方に向かっているとわかってもうどこかへ行ってしまった？

「おかげで彼のことがよくわかってよかったわ」母が言った。「詮索するつもりはないけど……」モリーの髪を撫《な》でる。「私は彼が好きよ。うまくいくといいわね」

今朝、モリーは看護師に手伝ってもらってシャワーを浴びたので、まだ湿っていたとはいえ髪はきれいになっていた。しかし帝王切開を受けて何日もベッドで安静にしたあと、車からアパートメントへ、そしてペントハウスへ移動したせいで、リビーとジオがトランプで遊んでいるのを見たときには、モリーは疲れきっていた。

「どうしよう」リビーが後ろめたそうに言った。「姉さんの部屋からママの部屋に私の荷物を持っていくはずだったのに。すぐやるね」

「リビーが片づけている間、僕の部屋で休んでいるといい」ジオが立ちあがって車椅子を押し、大理石の長い廊下を通って、大きな窓からパルテノン神殿のすばらしい景色が見える広々とした寝室にモリーを運んだ。「なにか欲しいものはあるかい？」

「いいえ、だ……大丈夫」本当は違った。モリーの頬に涙が伝った。

「モリー、パトリシアを呼ぼうか？」

「いいえ」彼女ははなをすすった。「横になりたいわ」

ジオが寝室のドアを閉め、ベッドに横たわるモリーを手伝った。いつものように彼女は左側を向いて寝そべった。

「赤ちゃんを渡したあと、カウンセラーには悲しくなるから覚悟してと言われたわ。でも、そんなことをしたら泣いちゃいそうでできなかった。胃も痛くなりそうだったし」

「ああ、僕の心《クオーレ・ミオ》」ジオがベッドをまわってモリーと向き合った。とてもやさしく引きよせられて彼女はまた泣きそうになったけれど、それはまったく違う種類の涙だった。「悲しいのは当然だ。だが誇りにも思うだろう？　あんなにすばらしい贈り物をザモス夫妻に与えたんだから」

嗚咽《おえつ》をこらえながらモリーは彼の肩に頭をのせ、腰に腕をまわして体の力を抜いた。「そう言ってくれてありがとう。後悔はしていないわ。本当よ。ただ……」彼女は唾をのみこんだ。

「ただ、なんだい？」ジオがきいた。

「あなたを傷つけてごめんなさい」

「たしかに僕は傷ついた」認めたとたん、ジオは切り裂かれるような痛みを胸に覚えた。天井に目をやり、まばたきで涙をこらえる。「だが僕も君を傷つけた。あんなに長く君を一人にしておくべきじゃなかった」失われた時間への後悔はとてつもなかった。「惹《ひ》かれ合う力が強すぎて危険だと思っていたんだ。だから封じこめようとしたが、どんなにがんばってもできなかったよ」

ジオの胸から喉へ上がってきたモリーの手を、彼はつかんだ。どうすれば心を開けるのかわからなかった。真実を話す間、彼女に動揺してほしくはなかった。

だが、僕たちには真実が必要だ。これまでは秘密とごまかしが多すぎたから、完全に正直にならなければ二人は前へ進めない。

ジオは苦しげに深呼吸をして、二人の関係を正しく表現できる言葉をさがした。「覚えておいてほしいことが二つあるんだ、モリー。僕は愛を期待してはいけないと教えられてきた。それと初めて会ったときから君が欲しかった」

モリーが身をこわばらせた。明らかに緊張しているのは、彼女が注意深く話を聞いている表れだった。

彼はモリーの指をもてあそび、腕を撫でた。

「僕の生い立ちを考えると、君が友人の赤ん坊を身ごもっているかどうかは問題ではなかった」

彼女が乾いた笑い声をあげた。

「初めて会った日から、君が特別なのはわかっていた。ヴァレンティーナと一緒にいる君を見るのが好きだったよ。それだけなら心を揺さぶられる危険はなかったから。だがずっとセックスはしたかった」

モリーがまた小さく鼻を鳴らして笑い、ジオの胸に顔をうずめた。

「君が部下だったことは手を出さない格好の理由になった。しかし君を秘書に昇進させたとき、もっとよく知りたくなったんだ。期待どおりにはいかなかったが」

「いろいろあったから」やさしいモリーがかばった。

うわ目づかいの彼女にキスをしたかったが、その衝動を抑え、ジオは言うべきことを言おうとした。

「祖父《ノンノ》を失うと思い知らされたのもショックだったが、君が去っていくのも同じくらいつらかったよ。そのときはそれを認めるのがやっとだった。今声に出して言うのもまだとてもつらいんだ」

モリーが彼の胸に手を置いて、共感と気づかいを示した。

「ノンノの病気は僕が望みをかなえる口実になった。僕は君と個人的な関係になりたかったんだ」

モリーが疑わしげな目になった。

「信じられないかい？」ジオは不満そうに訴えた。「ヴァレンティーナも忠誠心は強いから、婚約者のふりはしてくれただろう。正直なところ僕たちの長いつき合いを考えれば、ヴァレンティーナと結婚すると言ったほうが信じてもらいやすかっただろうが、彼女相手にそんなことは思いつかなかった。ベッドへ連れていったのも、失うのが怖いということを誰にも、特に自分に認めずに都合よく君を縛りつけるためだったんだ。情けないよ。不誠実だったし、あんな迫り方をするべきじゃなかった」

「もしずっとあなたに惹かれていなかったなら、断っていたわ」モリーがジオの胸を撫でて、そこに顎を押しつけた。「屋敷を出ていくことはできたし、お金もあったし、電話できる人もいた。いつでもオットリーノに嘘《うそ》だとも言えた。婚約者のふりをすると決めたのは、あなたと親しくなれる唯一のチャンスだと思ったからなの」

「僕が君と一緒にいたいからだと思っていたが、ありがとう、その言葉が聞きたかったよ」ジオはモリーのやわらかくて甘い香りのする髪を手ですいた。

「でも、こんなことまでしたのは間違いだったわ」

彼女が自責の念をこめて言った。

「こんなこととは？　僕と寝たことか？　愛していると言ったことか？」

モリーが唇を噛《か》んでうなずいた。

「誰かを愛するとき、君がどれだけひたむきになるのかを僕は見てきた」ジオは唾をのみこんだが、まだ苦しかった。「頼んだら、僕の赤ん坊も産んでくれるかな？」

「代理母として？」モリーが顔を上げてきいた。

「僕の妻としてだよ」

顔を思いきりしかめ、彼女が仰向けになった。

「失敗したか」ジオは肘をついて起きあがった。心を完全にさらけ出すのはまだ恐ろしかった。

その一方で、モリーを失うと思うとぞっとした。たとえ彼女にほかの男がいても、性悪な部分があっても、自分を捨てても、嘘をついていても、死が近いとしても、気持ちは変わらなかった。僕はなにがあってもモリーを放したくない。

誰かに心を揺さぶられることは恐ろしいうえに屈辱的でさえあったが、それこそが愛なのだとジオは理解しはじめていた。愛とは自分の心に穴があき、そこから喜びと光と情熱と調和があふれ出てきてすっかり丸裸にされる感覚のことなのだ。それが信頼し合うということで、〝完全〟というとあまりにも感傷的な表現だが、なにかが欠けている感覚はもはや消えうせていた。

「将来妊娠しても、私が今回と同じように早産になるリスクが高いのは知ってる？」

「僕が赤ん坊を産んでくれるかと頼んだから、そんなことをきいたのかい？　美しい人《ベッラ》、そのときは代理母を見つけるか、養子をもらえばいいじゃないか。だがそれは一年後、君が完全に回復して子供について考えたくなったときの話だよ。今はまだ僕を愛しているかどうかきいているんだ。僕はまた同じ言葉を聞きたいが――」ジオは目を閉じ、恐ろしさのあまり息もできなかった。

　それでも一歩踏み出して、モリーに心を捧《ささ》げなくてはならないのだ。そうすることが大切だからだが、ああ、むずかしい。

「ジオ」彼女がささやいた。その手が彼の頬に伸びてきた。

「いや。続けさせてくれ」ジオはそっと拒んだ。

「僕はやり遂げてみせる」

　まぶたを開けると、モリーの表情はまばゆいほど輝いていた。彼は目に涙を浮かべ、胸は高揚感でいっぱいになった。

「愛してるよ、モリー。パトリシアのところには帰ってほしくない。僕と一緒に帰ってほしい。僕の妻になって、ともに家庭を築いてくれないか？　僕たち二人が生きている限り、そばにいてほしい」

　モリーの唇が震え、目に涙があふれた。「私もそうしたいわ。あなたを心から愛してる」

　こんなにむずかしいことが、ここまで簡単になるとは……。ジオはモリーの手を自分の胸に持っていき、そっと押しつけてその感触を心ゆくまで堪能した。それから飢えたように唇を奪った。

　モリーこそが僕の心臓だと、ジオはようやく気づいた。そう思っても恐ろしくはなかった。なぜなら、僕は彼女のものだから。

　二時間後、モリーは昼寝から目覚めた。ジオはまだ彼女を抱きしめていた。

「あなたは眠ったの？」伸びをしながら尋ね、手術跡がうずいて顔をしかめた。

「いや。だが君を起こしたくなかったんだ。また抱きしめられてうれしいよ。ずっと会いたかった」仰向けになったジオは不快感などかけらもなさそうだ。

「私もあなたに会いたかったわ」彼が臆面もなく言ってくれたことに、モリーは感動した。それでも恥ずかしさがこみあげてきて尋ねた。「私、あなたと恋に落ちて結婚する夢でも見ていたのかしら？　それとも……」

ジオが口角を上げた。「夢だと思っているなら現実にしてあげよう」ズボンのポケットをさぐり、家宝の指輪を取り出した。「三度目の正直になることを祈るよ。僕と結婚してくれるかい、モリー？」

「ええ！」ここでまた涙が出たけれど、今回は幸せの涙だった。ハンドクリームをぬって指輪をはめると、二人はパトリシアとリビーに伝えに行った。

モリーの母は娘を抱きしめたものの、リビーはまだこれまで秘密にされていたことを気にしていた。

「今度は本当なのよね？」

「ええ」モリーは断言し、ジオの手を握った。

リビーが姉を抱きしめ、それからジオも抱きしめた。「私、姉さんたちと暮らしてもいい？」

「お母さんはいやだろうが、僕はかまわないよ」ジオがユーモアたっぷりに答え、パトリシアにウインクした。「みんなでノンノに会いに行かないか？　そうすれば姉さんが家出しても、どこにいるかわかるだろうから」

リビーの学校がクリスマス休暇に入った十二月、二人はオットリーノの屋敷で結婚式をあげた。

美しい式はこぢんまりとしていて、出席したのもオットリーノ、モリーの母と妹、サーシャとラファエル、そしてアティカスだけだった。アティカスは退院して一カ月以上たっていて、モリーはできる限り頻繁に会いに行っていた。赤ん坊はまだ小さいのに、いつもおなかをすかせていて泣き声がうるさかったが、リビーに抱かれるとすぐに泣きやんだ。

「覚えてる?」少女は楽しげにきいた。「私、あなたのお姉さんで叔母さんなのよ」

代理母の件を打ち明けていたので、オットリーノはモリーが産後数カ月しかたっていないのを知っていた。それでもやさしくせっついた。「いつ私に孫を見せてくれるんだね?」

モリーの担当医からは帝王切開の影響はないが、妊娠するのはもう少し待つよう勧められていた。

待つのは気にならなかった。情熱的な夫はオーストラリアへの新婚旅行に出発したあと、プライベートジェットにあるベッドに妻と横たわった。

「移動時間は二十数時間ある。僕はその時間を一秒たりとも無駄にはしないつもりだ」

「じゃあ、証明してみせて」

ジオはすぐさまモリーの服を脱がせた。互いを知りつくした二人は手を忙しく動かして相手を誘惑し、愛撫《あいぶ》し、どちらが先に我を忘れるか競争した。

いつも負けるのはモリーだった。ジオは彼女を震えさせ、泣き叫ばせ、思いどおりにするのが好きだった。今日は二度のぼりつめさせてからモリーの腿の間にキスをし、彼女の頭を枕に押しあてると、快楽を与えられてうずいている場所へ移動した。

「覚悟はいいか、クオーレ・ミオ?」ジオが問いかけると、モリーの背筋は興奮でぞくぞくした。

「いいわ」彼女はうめき、誘うように背を弓なりにして、夫に満たされる瞬間を待ち望んだ。

ジオはモリーと一つになると、彼女の頬を両手で撫で、腰をつかんで激しく動きはじめた。

モリーはそんな夫を愛していた。妊娠中はこれほど荒々しく本能的な愛の営みは楽しめなかった。だが、楽しく官能的な時間は二人の間の信頼を強くしてくれた。

のぼりつめた瞬間、モリーとジオはもっとも純粋で完璧な時間の中にいた。永遠の中に。

しかし二人の肌が冷え、心臓が落ち着きを取り戻すと、モリーはジオが顔をしかめているのに気づいた。「どうしたの？」

「なんでもない」なかなか正直になれなかった自分を悔やむように、彼が片方の目を閉じた。「サーシャとラファエルがうらやましくてね。二人がアティカスといるのを見るたび、赤ん坊が欲しくなるが、君と奔放に一つになるのも大好きなんだよ」

「病院で絶対安静にしていた私につき添っていた日々に戻ってもいいと思ってるの？　変な人ね」

「変なんかじゃない」彼がまじめな顔で答えた。

「今後はよく考えたほうがいいかもしれないな」

「私はまた妊娠したいわ。でも今はまだ違う」モリーはすぐにつけ加えた。「けれどそのうちにとは思ってる。もし妊娠がむずかしいとしても、ややこしい手続きが必要な代理母は頼みたくないの。今は……」モリーはジオの上に横たわってから体を起こして後ろへ下がった。「この移動中、あなたは時間を一秒たりとも無駄にはしないと約束したわね？もう赤道は越えたかしら？　というのも、こちらももうすぐそうなるから」

モリーがジオの下腹部にキスすると、彼が苦悶《くもん》のうなり声をあげ、至福のため息をついた。

彼女はほほえみ、とても親密な方法で夫をあがめつづけた。そのあと、どちらも満ち足りて互いの腕の中で眠りに落ちかけたとき、ジオが言った。「君を心から愛している」

「わかってるわ」モリーにとって愛とは呼吸や血液と同じだった。「私も愛してる」

エピローグ

結婚二周年の二日前、モリーはジェノヴァの屋敷で母親譲りのブルネットの髪と父親譲りの青い瞳を持つ男の子を出産した。パトリシアは娘の妊娠を見守り、陣痛に立ち会って赤ん坊を取りあげた。リビーは姉のためにかき氷を持ってきてくれたり、サーシャに出産の経過を逐一メールで知らせてくれたりした。ジオは赤ん坊のへその緒を切った。

オットリーノは呼ばれた瞬間飛んできた。そして、赤ん坊に祖父の名前をつけたいと夫婦に言われると涙を流した。

すべてが完璧だった。しかし夜中に目を覚ましたモリーは、ジオが小さなオットリーノを抱いてもの思いにふけっているのに気づいた。

「どうしたの？」彼女はびっくりして体を起こした。

ジオが顔を上げた。その目は涙でうるんでいる。

「この感覚を味わうのが怖かったんだ」くぐもった声で言う。「だが今、僕はその感覚を味わっている。とても激しくて、どうしたらいいのかわからないんだ」

「愛が？」心をさらけ出した夫に、モリーは驚いた。

愛情深く寛大なジオはリビーのこともかわいがった。サーシャとラファエルがリビーにしてくれたことを思えば、必要はなかったが。おまけにパトリシアの生活も楽にしようとし、彼女が望めば新しい車を買ったり、旅行の手配をしたりした。さらにはジェノヴァに家を買って、もっと娘と会えるようにしたがった。初孫が生まれた今、パトリシアはそうしたいと考えはじめていた。

モリーの妊娠がわかったころから、ジオはますます拠点としているジェノヴァを離れたがらなくなった。だがその前から、彼は妻を溺愛する夫であり、家族を大切にする男だった。私と息子が彼の最優先事項なのはこれからも変わらないだろう。モリーはそう確信していた。

「どんなに愛しても大丈夫。この子は壊れたりしないわ」彼女は夫を安心させ、そしてからかった。「見て。私が元気に生きているのは、あなたがたくさん愛してくれているからよ」

「いや、愛しつづけていたら君を壊してしまうかもしれない」彼が赤ん坊を抱いたままベッドの端に座り、身を乗り出してモリーにキスをした。「愛し《テ》てるよ《イ・アモ》、僕の心《クオーレ・ミオ》。君が与えてくれたものすべてに感謝している。かわいい息子と君を全身全霊で愛せることにも」

感極まったモリーの唇が震えはじめた。「あなたが心を開いてくれなかったら、この胸の愛をどうすればいいかわからなかったわ」キスを返す間、彼女の頬には涙が伝っていた。

すやすやと眠っている息子を見ると、胸がいっぱいになった。なんて驚くべき小さな奇跡なのかしら。

「ところで、あなた、ちゃんと眠った？」モリーは昨日の早朝、陣痛に襲われてから、ジオがずっと起きているのを思い出して尋ねた。

「そろそろ寝るよ。だが今はこの子を抱いていたい」ジオが立ちあがり、ベッドをまわりこんで妻の横に腰かけた。「この子には僕がずっとそばにいると教えてあげたいんだ」赤ん坊の頬にキスをしながら誓った。「君たち二人のそばにいると」

モリーはその言葉を信じた。そしてほほえみを浮かべ、腿に夫の手の重みを感じながら眠りについた。

ハーレクイン®

秘書は秘密の代理母
2024年7月5日発行

著　　者　ダニー・コリンズ
訳　　者　岬　一花（みさき　いちか）

発 行 人　鈴木幸辰
発 行 所　株式会社ハーパーコリンズ・ジャパン
東京都千代田区大手町 1-5-1
電話 04-2951-2000（注文）
0570-008091（読者ｻｰﾋﾞｽ係）

印刷・製本　大日本印刷株式会社
東京都新宿区市谷加賀町 1-1-1

ISBN978-4-596-63550-1 C0297

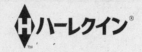

◆◆◆◆ ハーレクイン・シリーズ 7月5日刊 発売中

ハーレクイン・ロマンス　愛の激しさを知る

秘書は秘密の代理母	ダニー・コリンズ／岬　一花 訳	R-3885
無垢な義妹の花婿探し《純潔のシンデレラ》	ロレイン・ホール／悠木美桜 訳	R-3886
あなたの記憶《伝説の名作選》	リアン・バンクス／寺尾なつ子 訳	R-3887
愛は喧嘩の後で《伝説の名作選》	ヘレン・ビアンチン／平江まゆみ 訳	R-3888

ハーレクイン・イマージュ　ピュアな思いに満たされる

捨てられた聖母と秘密の子	トレイシー・ダグラス／仁嶋いずる 訳	I-2809
言葉はいらない《至福の名作選》	エマ・ゴールドリック／橘高弓枝 訳	I-2810

ハーレクイン・マスターピース　世界に愛された作家たち ～永久不滅の銘作コレクション～

あなただけを愛してた《特選ペニー・ジョーダン》	ペニー・ジョーダン／高木晶子 訳	MP-97

ハーレクイン・ヒストリカル・スペシャル　華やかなりし時代へ誘う

男爵と売れ残りの花嫁	ジュリア・ジャスティス／高山　恵 訳	PHS-330
マリアの決断	マーゴ・マグワイア／すなみ　翔 訳	PHS-331

ハーレクイン・プレゼンツ作家シリーズ別冊　魅惑のテーマが光る 極上セレクション

蔑まれた純情	ダイアナ・パーマー／柳　まゆこ 訳	PB-388

※予告なく発売日・刊行タイトルが変更になる場合がございます。ご了承ください。

7月12日発売

ハーレクイン・シリーズ 7月20日刊

ハーレクイン・ロマンス

愛の激しさを知る

夫を愛しすぎたウエイトレス	ロージー・マクスウェル／柚野木　菫 訳	R-3889
一夜の子を隠して花嫁は《純潔のシンデレラ》	ジェニー・ルーカス／上田なつき 訳	R-3890
完全なる結婚《伝説の名作選》	ルーシー・モンロー／有沢瞳子 訳	R-3891
いとしき悪魔のキス《伝説の名作選》	アニー・ウエスト／槙　由子 訳	R-3892

ハーレクイン・イマージュ

ピュアな思いに満たされる

小さな命、ゆずれぬ愛	リンダ・グッドナイト／堺谷ますみ 訳	I-2811
領主と無垢な恋人《至福の名作選》	マーガレット・ウェイ／柿原日出子 訳	I-2812

ハーレクイン・マスターピース

世界に愛された作家たち
～永久不滅の銘作コレクション～

夏の気配《ベティ・ニールズ・コレクション》	ベティ・ニールズ／宮地　謙 訳	MP-98

ハーレクイン・プレゼンツ作家シリーズ別冊

魅惑のテーマが光る
極上セレクション

涙の手紙	キャロル・モーティマー／小長光弘美 訳	PB-389

ハーレクイン・スペシャル・アンソロジー

小さな愛のドラマを花束にして…

幸せを呼ぶキューピッド《スター作家傑作選》	リン・グレアム 他／春野ひろこ 他 訳	HPA-60

文庫サイズ作品のご案内

◆ハーレクイン文庫・・・・・・・・・・・・・毎月1日刊行
◆ハーレクインSP文庫・・・・・・・・・・・毎月15日刊行
◆mirabooks・・・・・・・・・・・・・・・・毎月15日刊行

※文庫コーナーでお求めください。

今月のハーレクイン文庫

6月刊 好評発売中！

Harlequin 45th Anniversary

帯は1年間“決め台詞”！

珠玉の名作本棚

「あなたの子と言えなくて」
マーガレット・ウェイ

7年前、恋人スザンナの父の策略にはめられて町を追放されたニック。今、彼は大富豪となって帰ってきた——スザンナが育てている6歳の娘が、自分の子とも知らずに。

（初版：R-1792）

「悪魔に捧げられた花嫁」
ヘレン・ビアンチン

兄の会社を救ってもらう条件として、美貌のギリシア系金融王リックから結婚を求められたリーサ。悩んだすえ応じるや、5年は離婚禁止と言われ、容赦なく唇を奪われた！

（初版：R-2509）

「秘密のまま別れて」
リン・グレアム

ギリシア富豪クリストに突然捨てられ、せめて妊娠したと伝えたかったのに電話さえ拒まれたエリン。3年後、一人で双子を育てるエリンの働くホテルに、彼が現れた！

（初版：R-2836）

「孤独なフィアンセ」
キャロル・モーティマー

魅惑の社長ジャロッドに片想い中の受付係ブルック。実らぬ恋と思っていたのに、なぜか二人の婚約が報道され、彼の婚約者役を演じることに。二人の仲は急進展して——!?

（初版：R-186）